당신의 삶은
늘 옳았다

당신의 삶은 늘 옳았다

정병권 에세이

히읏

당신은 그동안 당신이 살아온 삶이

잘못됐다고 생각하시나요?

아니면 옳은 삶이었다고 생각하시나요?

차례

1장

늘 옳은
삶이었다는 것

2 장

뒤돌아보지 않는다

3장

아픔을 공유할 용기

4 장

서로를 치유하는 시간

1 장

늘 옳은
삶이었다는 것

인터뷰 유튜버가 되기까지

어느 새벽, 24시간 영업하는 식당에 늦은 끼니를 챙기러 가고 있을 때였다. 저 멀리서 한 여자가 비틀거리며 걸어오고 있는 것이 보였다. 시간이 시간인지라 술을 조금 많이 마신 사람이겠거니 싶었다. 그런데 가까워질수록 어딘지 모르게 그 사람의 낯빛이 심상치 않은 게 아닌가. 여자는 조금 더 비틀비틀 걸어오더니, 내 얼굴을 보곤 이내 자리에 주저앉아버리고 말았다. 그것은 술에 취해서라기보단 드디어 사람을 발견해서 안심했다는 듯한 쓰러짐이었다. 혹시 그 사람이 다칠까 싶어 얼른 달려가 머리를 받쳐 부축했다.

손의 감촉이 이상했다. 머리뼈의 단단함 대신 대신 물컹한 감촉만 느껴지고 있었다. 아마도 뼈가 부서진 것 같았다. 나는 직감했다. 아, 퍽치기를 당했구나. 일 분 일 초가 급한 상황이구나. 신고를 하려 주머니를 뒤졌지만, 핸드폰은 없었다. 그냥 새벽에 밥이나 한 끼 하러 나온 거였으니까. 주변에 도움을 요청하려 해도 새벽 골목길에는 눈을 씻고 찾아봐도 나를 도울 만한 사람이 없었다. 계속해서 도와달라고 소리를 질렀다. 다행히 얼마 안 가 신문을 배달하시는 분이 무슨 일이냐며 다가와 주셔서 가까스로 구급차를 부를 수 있었다.

한 번은 그런 적도 있었다. 길 한복판에서 작은 강아지가 대형견에게 물어뜯기고 있는데 누구도 녀석을 뜯어말리지 않는 것이었다. 피는 사방으로 튀고 견주들은 소리만 지르고 있었다. 물론 이해한다. 웬만해선 그런 상황들을 접한 적이 없는 이들이 대부분이었을 것이고, 괜히 나섰다가 본인이 화를 입을지도 모른다는 두려움도 있었을 테니까. 하지만 불행인지 다행인지는 모르겠지만, 나만큼은 그 광경을 보자마자 단번에 뛰어들어야겠다고 생각했다. 크게 긁히거나 다치는 일 없이 두 마리의 개를 떨어뜨려 놓을 수 있었고, 결국 상황이 더 악화되지 않았다.

종교인도 봉사자도 아니었지만, 나의 삶은 늘 돕는 일의 연속이었다. 살다 보면 유난히 내게만 누군가를 도와야 하는 순간들이 많이 찾아오곤 했다. 도움을 받고 베푸는 일에는 남녀노소가 없었다. 친구의 어머니는 초등학생이었던 내게 넋두리를 늘어놓기도 하셨고, 사회적으로도 경제적으로도 모두의 부러움을 사는 누군가도 내게 죽고 싶은 마음을 고백하기도 했었다. 사는 게 힘들어서 도움을 요청해오는 사람은 언제나, 어디에나 있었다.

물론 항상 내 도움이 통하는 건 아니었다. 최선을 다해 몸과 마음으로 도왔지만 친구들의 실패를 막을 수 없었던 적도 많았고 가까운 사람들의 죽음도 적지 않게 접해야만 했다. 그때마다 죄책감과 후회들은 나를 괴롭혀댔다. 그리고 그 감정들은 점차 나를 향한 분노로 이어졌다.

"내가 더 잘해야 했는데. 내가 더 잘할 수 있었는데…."

역할에 대해 고민하기 시작했다. 세상에는 수많은 사람이 있고 그들 각각의 역할이 정말로 정해진 거라면, 내 역할은 과연 무엇일까. 나는 정말 누군가를 도우며 살아가야 하는 팔자인 걸까. 그렇다면 어떻게 하면 조금 더 사람들을 잘 도우며 살아갈 수 있을까. 사람들을 가장 효과적으로 도울 수 있는 방법은 무엇일까. 내가 써도 써도 남을 만큼 많은 돈을 가진 사람이었다면 경제적인 도움들을 베풀 수도 있었겠지만, 아쉽게도 그 정도의 경제력이 있는 건 아니었다. 몸으로 누군가를 돕는 일에도 한계는 있었다. 평균 이상으로 신체능력이 뛰어난 것도 아니었고, 기꺼이 몸을 던지는 것도 한두 번이지 언제나 위기 상황만을 찾아다닐 수도 없는 일이었기 때문이다.

생각이 거기까지 다다랐을 때 가장 먼저 생각난 일이 바로 '듣는 일'이었다. 되돌아보면 지금껏 수많은 사람이 내게 대화를 요청해왔었다. 아무리 속마음을 털어놓지 않곤 했던 사람도, 아무리 많은 사람에게 선망의 대상이었던 사람도 내게만큼은 마음의 맨얼굴을 보여주곤 했다. '너는 편견 없이 내 얘기를 들어줄 것 같아서 그래', '무작정 해결책을 강요하지 않아서 좋아'라는 말과 함께였다. 기뻤다. 내가 누군가에게 그런 존재가 되어줄 수 있다는 사실이. 그리고 신기했다. 나는 다만 타인의 아픔과 슬픔, 과거를 들어주기만 할 뿐인데 그들 안의 무언가가 해소된다는 게. 그리고 그들의 사연과 나의 사연 사이에서 공통점을 찾아내고, 거기에 감정을 이입해서 결국 내 안의 무언가도 해소할 수 있다는 게. 그러니 어쩌면 지금 내가 하는 모든 활동은 이 질문으로부터 시작되었을지도 모르는 일이다.

'편견도 강요하는 일도 없이 사람들의 이야기를 조금 더 전문적으로 들어줄 수 있을까?'

늘 옳은 삶이었다는 것

정말 우연의 연속이었다. 사람들의 이야기를 더 잘 들어주고 싶다는 마음을 품게 된 것도, 그리고 그날 누워서 핸드폰을 만지다가 유튜브 앱을 발견했건 것도.

그때까지의 내가 SNS나 여러 동영상 플랫폼, 그리고 트렌드에 민감한 쪽이었느냐 아니었느냐를 말해보자면, 당연히 후자에 더 가까웠다. 그때는 유튜브라는 게 뭔지도 잘 몰랐으니까. 유튜브라는 건 그저 핸드폰을 사면 기본적으로 갖춰져 있는 그저 그런 애플리케이션인 줄로만 알았으니까. 어느 한가롭고도 심심한 주말에 누워서 핸드폰을 만지다가 유튜브를 발견했고, 처음으로 그것을 실행시켜 보았다.

그곳은 생각했던 것보다도 많은 사람이 다양한 영상들을 게시하는 곳이었다. 그리고 그를 시청하는 사람들 역시 크리에이터들과 건강한 피드백을 주고받고 있었다. 요리를 하는 사람이 있었고 게임을 하는 사람도 있었다. 운동하는 사람, 경제적 지식을 나누는 사람도 있었다.

"그럼 잘 찾아보면 사람들의 이야기를 잘 들어주는 사람도 있을 수 있겠는데?"

이것저것을 검색해보다가 발견한 사람이 바로 지금 나의 가장 가까운 동료이자 존경하는 형인 '까레라이스 TV'였다. 그때만 해도 사회 각계각층의 사람들을 만나서 인터뷰를 나누는 채널은 까레라이스 TV가 거의 유일했다. 화면 안에는 내가 원했던 모든 모습이 들어있었다. 내가 원해왔던 행위가 있었고 내가 원해왔던 태도와 표정으로 사람들의 이야기를 경청하는 사람이 있었다. 때로는 무당을 만나기도 하고 지위가 있는 사람도 만나기도 하지만, 그 누구를 만나도 똑같은 톤과 자세로 대화를 듣는 사람이, 내가 몹시도 되고 싶었던 모습이 거기에 있었다.

이거다 싶었다. 내가 정말로 하고 싶었던 일이 무엇이었는지를 깨닫는 순간이었다. 사람들의 이야기를 잘 들어주고 싶었고 그들에게 나름의 솔루션을 제공하는 일을 하고 싶었지만, 나는 그와 관련해서 엘리트 과정을 밟아온 것도 아니었고 학회 같은 곳에서 인정받은 사람도 아니었기에 늘 상담이라는 일을 마음속으로만 품어왔었다. 하지만 이 일은 나도 할 수 있을 것 같았다. 하고 싶었다. 한 치의 망설임도 없이 그에게 이메일을 보냈다.

'안녕하세요, 까레라이스 TV님. 인터뷰 영상 정말 잘 보고 있습니다. 다름이 아니라 저도 유튜브에서 인터뷰를 해보고 싶은데, 염치없지만 만나서 이야기를 나눠볼 수 있을까요? 해보고 싶은 마음은 굴뚝같지만, 그렇게 되면 누가 봐도 제가 까레라이스님을 따라 한 것이 될 수밖에 없을 것 같습니다. 그렇기에 지금 제 마음의 짐이 너무 크고, 허락을 받지 않으면 시작을 못 할 것 같습니다. 이기적인 생각일 수 있겠지만, 허락을 구하고 싶습니다.'

지금 생각해봐도 조금은 당돌하고 뻔뻔하기까지 한 메일이었지만, 거기에는 정말 내 진심이 가득 담겨 있었다. 얼마 지나지 않아 그로부터 연락이 왔다. 걱정했던 것과는 다르게 흔쾌히 허락을 해왔다. 그때 내 마음을 편하게 만들어줬던 그의 말이 아직까지도 뚜렷이 기억난다.

"유튜브는 경쟁이 아니에요. 어떤 사람이 어떻게 하느냐에 따라 결과물은 달라지죠, 그렇기에 앞으로도 계속 블루오션일 거라고 생각해요."

그 말을 듣는 순간, 내심 나를 괴롭혀왔던 많은 고민이

눈 녹듯 사라져버리는 것 같았다. 상담하는 일을 하고 싶다고 주변에 털어놓았을 때마다 주변에서는 하지 말라는 말뿐이었다. '네가 해서 되겠냐'라는 말을 들은 적도 있다. 그리고 그런 말을 들을 때마다 조금도 기운이 빠지고 위축되지 않았다고 하면 그건 거짓말이었다. 하지만 그의 말을 듣는 순간 그런 부정적인 감정들이 하나도 남김없이 날아가 버리는 것이었다. 내가 제일 조언을 구하고 싶던 사람이 그런 말을 해주니까 주변 사람들이 걱정하는 게 아예 안 들리기 시작했다. 지금도 나는 여러 사람을 만나 심리상담을 해주고 있지만, '누구한테 조언을 구하느냐'가 정말 중요하다고 생각한다.

그렇게 유튜브를 시작했다. 사람들을 만나 이야기를, 경험과 철학을 나누고 영상을 만들어 게시하는 모든 과정이 너무도 재밌었다. 한창 회사 생활을 할 때였기에, 바쁘게 본업을 마치고 영상을 촬영하고 편집까지 마치고 나면 아침이 되어 있었다. 피곤했지만 좋았다. 살면서 처음 느끼는 두근거림이 그 일 안에 있었다.

전까지는 하고 싶은 일도 되고 싶은 모습도 없었다. 그냥 있어 보이는 사람이 되고 싶었다. 자본주의 사회에서 남들이 봤을 때 뒤처지지 않은 것처럼 보이는 사람. 좋은 시계 차고 좋은 차 타는 사람. 꿀리지 않는 사람. 그 정도만 되면 행복까진 아니더라도 스스로 만족하는 삶 정도는 될 거라 생각했었다. 그렇게 묵묵히 회사를 오가고 주어진 일만 할 뿐이었다. 하지만 동시에 마음을 늘 허했다. 사람들은 내게 괜찮은 사람이라고 말해주곤 했지만, 솔직히 내가 그리 잘난 사람이 아니라는 걸 나만은 알았으니까.

그런 은근한 공허함이 사람들을 만나 얘기를 듣는 일을 하면서 점점 해소되기 시작했다. 내게 자신의 이야기를 털어놓은 사람들이 '너무 좋아요, 이런 얘기 어디 가서 못 하는데 너무 좋은 경험했어요'와 같은 말을 해줄 때마다 그 허했던 마음이 계속 채워지기 시작했다. 그때부턴 좋은 시계 좋은 차가 없어도 괜찮을 것 같다는 생각이 들었다. 그렇게 나는 정말 하고 싶은 일, 내 꿈을 찾게 되었다. 이제는 어느덧 다른 사람의 이야기를 들어준 지 4년이 지났다. 촬영을 위해서 만난 사람과 그 외적으로 만난 사람을 다 합치면 3,000명 가까이 된다. 그동안 나는 뭘 느꼈을까? 많은 사람을 만나고 다양한 주제의 대화를 나누면서 뭘 느꼈을까? 그 사람의 성별이 무엇이든 직업이 어떠하든 어떤 일을 겪었든 내가 느낀 건 딱 한 가지였다. 당신의 삶은 늘 옳았다는 것이다. 옳다는 현재형 표현도 아니고 옳을 것이라는 미래의 표현도 아닌 당신이 살아온 지난 모든 시간이 다 옳았다는 생각이 들었다. 서로의 상황, 고민, 환경은 다 다르겠지만 우린 그 안에서 최선의 선택을 내리며 늘 옳게 살고 있었다. 내가 만난 사람들을 통해서 느낀 걸 하나씩 적어보려고 한다. 부디 이 책을 다 읽고 났을 땐 당신도 당신의 삶이 늘 옳았다는 것을 느꼈으면 좋겠다. 당신, 잘하고 있다.

소중하고 가까울수록
숨기고 싶은 마음

아픔에는 눈에 보이는 아픔이 있고 눈에 보이지 않는 마음의 아픔도 있다. 나는 특히 눈에 보이는 아픔을 다루고 싶었다. 걷잡을 수 없을 정도로 병이 진행되어 때로는 삶과 죽음의 기로를 넘나드는 사람들, 선천적으로 또는 사고를 겪은 탓에 후천적으로 장애를 갖게 된 사람들의 이야기가 궁금했다.

하지만 그런 사람들에게 접근하고 그들이 속마음을 털

어놓게 하는 일은 늘 조심스럽고도 쉽지 않은 일이었다. 주변 사람 중에 그런 사람이 있다고 하더라도 어렵기는 마찬가지였다. 노골적으로 싫은 내색을 하고 경계하는 사람이 대부분이었다. 당연한 일이다. 자신의 아픔과 약점을 털어놓는 일은 아무리 가까운 사람에게도 하기 힘든 일이니까.

그러나 반대로 자신의 이야기를 간절하게 털어놓고 싶어 하는 사람도 있을 거라고 생각했다. 유튜브를 찾아보니 자신의 병을 오픈하고 하고 싶은 이야기를 하고자 하는 분들이 많이 계셨다. 내가 만난 샛별 님 역시 그런 분 중 한 분이셨다.

샛별 님은 자궁경부암 4기 판정을 받았다. 투병 생활을 하고 있지만 긍정적인 마인드로 유튜브 활동을 하는 분이셨다. 올리시는 영상들은 일상적인 영상이 대부분이었다. 요리하는 영상, 메이크업 영상, 때로는 먹방 영상을 찍어 올리기도 하셨다. 하지만 나는 샛별 님으로부터 조금 더 깊은 이야기를 듣고 싶었다. 이런 영상들도 물론 좋지만,

하고 싶은 이야기들, 한 번쯤은 꼭 털어놓고 싶은 속마음들이 반드시 있을 거라는 어떤 확신 비슷한 것이 있었다. 그래서 정중히 인터뷰를 제안했고, 허락을 받자마자 그분이 계신 지방으로 한달음에 내려간 것이었다.

샛별 님을 맨 처음 뵙고 든 생각은 '정말 아픈 사람이 맞나?'였다. 영화나 드라마 등의 미디어에서 다루는 4기 암 환자의 모습과는 너무도 달랐기 때문이었다. 혈색이 좋았으며, 걸음걸이가 조금 느리긴 했지만 환하게 웃고 떠드는 일을 좋아하는, 보통의 사람으로 보였다. 늘 편견 없이 사람들의 이야기를 들어주자고 마음먹지만, 나도 모르게 '4기 암 환자라면 이럴 것이다'라는 편견을 갖고 있었던 것이다. 나는 남아 있는 나의 편견을 모조리 깨버리기 위해, 그리고 인터뷰에 응해주시는 샛별 님의 편견도 함께 없애고 가기 위해 농담 한두 마디를 건넸다.

"오늘 인터뷰는 정말 편견 없이 할게요. 저 막상 이렇게 만나니까 편하죠? 좀 만만해 보이지 않나요?"

샛별 님 역시 웃으며 그렇다고 농담을 섞어 대답해주셨다. 이렇게 한 번 함께 웃고 나면 이후의 대화가 훨씬 순조로워지곤 했다. 나는 한마디 말을 더 건넸다.

"카페에 케이크 팔던데 케이크도 드세요."

"저 케이크 먹으면 안 돼요."

"그러면 뭐 드실 수 있어요? 뭐가 좋아요?"

4기 암 환자가 먹어도 괜찮은 음식이 극히 제한적이라는 사실은 나도 잘 알고 있었다. 하지만 평소처럼 상대방을 너무 조심스럽게 대하고 말을 골라가면서 하면 대화가 원활하게 진행되지 않을 거라는 것 역시 잘 알기 때문에 한 말이었다.

크게 아프거나 몸이 불편한 분들을 만나면서 느낀 점이 하나 있다. 오히려 친구나 가족처럼 가까운 사이를 불편해할 때가 많다는 점이었다. 사람들은 아프고 불편한 사람을 언제나 편견 섞인 태도로 대하곤 한다. 가까운 관계일수록 더 그렇다. 이 사람이 아프다는 걸 누구보다도 더 잘 아니까 집에서든 약속 장소에서든 늘 눈치를 본다. 그리고 당사자들도 그들이 눈치를 보고 있다는 것을 너무나 잘 알고 있다. 그러니 어쩔 수 없이 서로 불편함을 느낄 수밖에 없는 것이다.

아픈 사람들 역시 나름의 편견을 갖기 시작한다. '이 사람은 나를 이렇게 대하겠지?', '이 사람은 나를 어려워할 거야'와 같은 마음으로 사람들을 대하게 된다. 그러다 보면 아예 모르는 사람을 만났을 때는 암 환자인 걸 숨기기도 한다. 하지만 숨기는 것에도 한계는 늘 있다. 같이 걷는 사람이 빨리 걷기라도 하면 지치니까 티가 날 수밖에 없고 곧 아픈 사람이라는 게 들통나버리는 것이다. 그렇게 아픈 사람들은 밖으로도 잘 나가지 않게 된다. 집에서만 머문다고 하더라도 가족과 아픈 사람 본인, 서로가 서로의 눈치를 보며, 불편하고 아픈 시간을 보내게 된다.

그렇기에 나는 늘 그들을 편견 없이 대하려고 노력한

다. 어디까지나 인터뷰를 통해서 만나게 된 관계이지만, 한 명 정도는 정말 편견 없이 들어줄 사람이 필요하다고 생각했으니까. 집 밖으로 나와서 나와 대화를 나누는 순간만큼이라도 아픔을 잊게 되길, 누구의 눈치도 보지 않길 원했으니까.

샛별 님을 비롯한 많은 아픈 분께서 인터뷰에 나와 하시는 말씀이 있다.

"이 얘기는 우리 가족이, 엄마 아빠가 속상해할 텐데…."

이 말을 들을 때마다 큰 울림과 공감을 느낀다. 그런 말을 한다는 것은, 그전까지는 한 번도 그런 고충과 고민을 티 내지 않았다는 것이니까. 얼마나 갇혀서 지내고 또 얼마나 버텨왔으면 처음 보는 잼뱅이라는 사람한테 이렇게 하고 싶은 말을 다 한 걸까 싶었으니까. 그럴 때마다 속상하기도 하지만 한편으로는 내가 지금 잘하고 있구나, 그런 생각을 하기도 한다.

이 글에서는 겉으로 드러나는 아픔을 계속해서 다루고 있지만, 이건 비단 몸이 아픈 사람들에게만 국한되는 이야기가 아니다. 부자에게든 가난한 사람에게든, 아픈 사람에게든 건강한 사람에게든, 여자에게든 남자에게든 속마음을 털어놓을 수 있는 사람은 따로 필요하다. 늘 가깝게 지내는 가족도 절친한 친구도 물론 필요하지만, 편견 없이 자신을 바라봐주고 편견 없이 물어봐 주고, 진심으로 들어주는 사람이 누구에게나 필요한 것이다.

인터뷰를 마치고 다시 서울로 올라가기 위해 차에 시동을 걸었다. 샛별 님께서 고맙다는 말, 다음에 맛있는 밥을 사겠다는 말을 건네오셨다. 나는 그래 달라고, 다시 놀러 올 테니 맛있는 밥을 꼭 사달라고 대답했다. 서울로 올라오는 길에 생각했다. 샛별 님이 외출을 자주 안 하셨던 이유는 몸의 불편함이었을까 사람들의 시선이었을까. 오랜만에 외출해서 좋다며 맑게 웃어 보이던 샛별 님의 얼굴이 마음에 오래 남았다.

엄마의 말에는 왜 짜증부터 날까

"아, 엄마 그만 좀 얘기해요. 피곤해요."

퇴근하고 집에 들어갈 때마다 종종 이런 말을 뱉곤 한다. 물론 스스로도 알고 있다. 다정하게 말해야 한다는 것을. 가족의 이야기를 잘 들어줘야 한다는 것을. 하지만 지친 몸을 이끌고 집으로 들어가 가족 구성원의 이야기를 온전히 들어준다는 건 쉬운 일이 아니다. 나이와 성별을 불문하고 많은 사람에게 어려운 일 중 하나다. 타인의 이야기를 들어주는 것보다 가까운 사람의 이야기를 들어주는 게 더 힘들 때가 많다. 심지어는 밥 먹었냐고 물어보는 말에조차 날카롭게 대답할 때가 있다. '지금 시간이 몇 시인데, 당연히 먹었죠'라며. 도대체 왜 그러는 것일까?

여러 가지 이유가 있겠지만, 가장 큰 차이점은 '목적성'이다. 만약 회사에서 누군가의 이야기를 들어준다고 가정하면 그 행위에는 목적성이 있다. 멋진 사수가 되기 위해, 멋진 후배가 되기 위해, 일을 원활하게 진행하기 위해서라는 목적성 말이다. 하지만 가족의 경우엔 다르다. 누나, 동생, 엄마, 아빠는 늘 그 상태로 있는 존재니까. 만약 연인에게 새로운 전자기기의 사용 방법을 알려준다고 가정하면 최대한 친절하고 천천히 알려줄 것이다. 좋은 사람임을 어필해야 한다는 목적성이 생기니까. 가족은 그렇지 않다. 굳이 따로 어필할 필요가 없는 존재기 때문이다.

미팅을 하고 야근을 하고 프로젝트를 진행하고 공부를 하고 시험을 보는 자신의 일이 가족의 일보다 더 대단하다고 느껴질 수 있다. 하지만 누군가한테는 연인하고 헤어진 게 죽을 만큼 힘들 수 있는 일이고 또 나 같은 사람에게는 조회 수가 나오지 않는 게 죽을 만큼 힘들 수 있는 일인 것처럼, 아픔의 경중만큼 일의 경중도 다 다르다. 밖에서 사회생활을 하고 왔다고 해서 엄마가 시장에서 반찬을 싸게 산 일보다 더 위대하지 않다는 것이다. 내가 어떤 수험생활을 오래 하고 엄청 큰 사업 아이템을 준비하고 있다고 해서 가족을 위해 저녁을 차리는 것보다 더 대단한 일을 하고 있는 게 아니라는 말이다. 사실 엄마는 엄마의 일을 한 것이고 나는 나의 일을 했을 뿐이니까.

많은 사람이 가족을 지키고 싶어 한다. 가족을 지키는 데에는 경제력 같은 굵직한 요소도 많겠지만, 사실 가장 중요한 것은 가족의 이야기를 잘 들어주는 것이다. 가까운 누군가가 시시콜콜한 이야기를 하거나 어떤 힘듦을 이야기할 때 그것이 하소연을 한다고 생각해서 안 듣는 것이 아니라 그 사람을 지키는 일이라고 생각하고 최대한 들으려고 노력하는 것이다. 물론 쉬운 일은 아니겠지만 계속해서 노력하다 보면 상대방에게 심리적 안정감을 줄 수 있다. '아, 이 사람은 내가 말하면 일단 들어주고는 보겠구나.' 그런 마음이 심어지는 순간부터 훨씬 더 깊고 자세한 대화가 가능할 것이다.

가족처럼 가까운 사이와 대화를 나누는 일만큼 소중한 것은 없다. 그리고 많은 사람이 그런 행위를 할 수 없을 때 뒤늦게 그 소중함을 느끼고는 한다. 하지만 이 글을 읽는 사람만큼은 옆에 있을 때도 가까운 사람의 이야기를 들어주거나 대화하는 행위만큼 소중한 일이 없다는 걸 잊지 않았으면 좋겠다. 다른 어떤 위대한 것이 내 사람을 지키는 것이 아니라 그 사람의 이야기를 잘 들어주는 것에서부터 시작한다는 것을. 그 시작의 시작은 이 한마디일지도 모른다는 것을.

"오늘 하루는 어떻게 보냈어?"

나는 너를 듣는다

어느 늦은 밤, 잘 알고 지내던 선배로부터 문자메시지를 한 통 받았다. 혹시 괜찮다면 잠깐 통화가 가능하겠냐는 말이었다. 늘 사이좋게 지내던 선배였고, 이 시간에 시시콜콜한 일로 연락을 해올 사람도 아니라는 생각에 바로 전화를 걸었다. 선배의 목소리가 어두웠다. 무슨 일이 있으신 건가 싶어 얼른 안부를 물었다.

선배와 나눈 통화의 내용은 이랬다. 가족 중 한 명이 정말 힘든 시간을 보내고 있는데, 자신은 사람들의 이야기를 들어줘 본 적도 없고 그 방법도 잘 모르겠어서 곤란하다는 거였다. 그러던 중에 내가 상담 일을 한다는 것이 떠올라 급하게 염치없이 연락한 거였다고. 나는 이렇게까지 그 사람을 생각하는 것만으로도, 그러니까 선한 마음을 갖고 있는 것만으로도 이미 반절은 성공한 거라고 대답했다. 빈말이 아니라 정말이었다. 혼자 버티고 살아가기에도 바쁘고 피곤한 세상에서, 그렇게까지 깊은 마음으로 누군가를 챙겨주는 것은 그게 설사 가족이라고 할지라도 쉬운 일이 아니니까.

"그래도 뭐라도 하나 말씀드리자면, 일단은 그냥 순수하게 들어보려고 해보세요."

선배가 워낙 선한 사람이기에 알아서 잘하실 거라고 생각했지만, 그래도 조금이나마 도움을 드리고 싶어 천천히 말을 꺼내기 시작했다.

고민 상담을 하는 사람들이 가장 흔하게 실수하는 것이 바로 '상담을 해준다'라고 생각하는 일이다. 거창하고도 참신한 답을 제시해주겠다는 생각에 매몰돼서 고민의 요점조차 제대로 파악하지 못하거나 오히려 가르치려는 듯한 태도로 긁어 부스럼을 만들어버리고 마는 것이다.

답을 주고 가르치고 자시고 할 것 없이, 상담의 첫 번째 순서는 그냥 들어주는 것이다. 지금 그 사람이 걱정하고 괴로워하는 마음을 일단은 다 털어놓도록 기다려주는 시간이 필요하다. 그 뒤에 질문을 던져주면 된다.

"그래서 네가 생각하는 답이 뭐야? 결과가 어땠으면 좋겠는데?"

그렇게 물어보면 상대는 다시 본인이 생각하는 답을 털어놓는다. 그때 내가 해야 할 일은 단 하나다. 바로 그것에 대해 '옳다'라고 해주는 일, 인정해주는 일이다.

내게 명쾌한 답이 있는 것만 같아도 착각해선 안 된다. 나는 이 사람의 사연에 대해 골똘히 고민하지 않았지만, 이 사람은 이것에 대해 인생을 걸고 고민했을 거라는 것을 늘 잊지 말아야 한다. 그러니까 거기에 확신을 주고 존중을 해줘야 하는 것이다. 내가 아무리 옳은 방향을 제시해줘봤자 어차피 그 사람은 그가 생각한 답대로 행동할 것이기 때문이다.

어떤 일을 하는 사람이든, 그 사람의 나이가 몇 살이든, 누구에게나 그만의 철학이 있다. 그걸 나만의 기준으로 받아들이고 너무도 쉽게 답을 내뱉으면, 상대에게 독이 될 것은 어쩌면 뻔한 일이다. 일단 상대방의 앞에서 참을성을 발휘하고 그 사람이 내린 답에 대해서 일단 전적으로 동의해주자. 정 말해주고 싶은 게 있다면, 그 답을 아주 살짝만 내비쳐주는 정도만 되어도 그 사람은 옳은 답을 찾는다.

상담을 '해준다'라는 생각은 하지 말자. '나는 너의 이야기를 듣는다'라는 생각에서 건강한 이야기가 오갈 수 있다.

상대가 원하는 바에 공감만 해주면 되는 것이다. 그런 의미에서 '나는 답을 알고 있으니 너는 대답만 해라'라고 말하는, 이른바 '답정너' 유형인 사람은 나쁘지 않다고 생각한다. 오히려 본인의 의도를 빨리 드러내니까, 존중만 해주면 되니까 듣는 사람 입장에서는 훨씬 투명하고도 편안한 유형일 것이다.

선배와의 전화를 끊고 나서, 조금 전의 전화에서도 내가 너무 가르치려 들지는 않았는지, 그가 충분히 안고 있는 걱정과 고민들을 털어놓게 해주었는지를 곰곰이 생각해보았다. 처음 들었던 때보다 끊을 때의 목소리가 더 가벼웠던 것만 같아 조금은 마음이 놓였다. 선배와 선배의 소중한 사람 사이에서 진솔하고도 배려 넘치는 말들이 오가기를 밤새도록 바랐다.

보이지 않는 것

다이빙 사고를 겪어 하반신 마비가 된 김유현 씨를 인터뷰했을 때의 일이다. 김유현 씨는 2019년 군 외박 중, 생각보다 수심이 낮은 곳에 다이빙을 하는 바람에 머리를 부딪혀 걷지 못하게 되셨다고 했다.

처음 그가 부모님과 함께 사는 집으로 갔을 때, 나를 보는 가족분들의 시선은 그다지 좋지 않은 것 같았다. 그건 당연한 일이었다. 내 가족을 인터뷰 소재로 삼아 이익을 취하고 괜히 아픈 구석을 건드리지는 않을까 하는 걱정이 있으셨을 것이다. 만약 그게 나의 일이었다면 나도 비슷한 마음이었을 거라 생각한다. 하지만 그런데도 내가 꿋꿋이 그들에게 인사를 건네면서 김유현 씨를 뵈러 찾아갔던 건, 내게만 털어놓을 수 있고 털어놓고 싶었던 속마음이 분명 있을 거라는 믿음 때문이었다. 인사를 건넨 뒤, 김유현 씨가 앉아 있는 방으로 들어가 그와 마주 보았다. 표정이 밝고 잘생긴 청년이었다. 나는 늘 그랬듯 편견 없는 얼굴과 말투로 질문을 건네기 시작했다.

5, 6, 7번 목뼈가 부러지는 큰 부상이었다. 부딪히는 순간 가슴 밑으로 아무것도 없는 느낌이 들었다고 했다. 아픈 것보다는 몸이 없어지는 느낌에 가까웠다고.

죽을 수도 있는 수술을 거치고, 그를 둘러싼 거의 모든 것이 변했다. 처음에는 혼자 몸을 뒤집는 것조차 마음대로 할 수 없었고, 전에는 숨 쉬는 것처럼 쉽게 했던 물을 마시는 행위도 힘든 일이 되어버렸다. 인간의 기본적인 욕구인

배변욕과 성욕 역시 전과는 다르게 다가오기 시작했다고 했다. 배변은 스스로 조절할 수가 없어, 다른 사람보다 훨씬 오랜 시간을 들이고 많은 신경을 써야만 했다. 성욕 역시 전부까진 아니어도 많이 사라져버리고 말았다.

그가 무거운 이야기들을 생각했던 것보다 담담하게 하는 것을 보며, 나는 '그래도 많이 적응되시긴 했나 보다'라는 생각을 잠시 하기도 했다. 하지만 그것은 정말 잠시였다. 그의 뒤로 수많은 술병이 줄지어 서 있는 게 눈에 들어왔기 때문이었다. 나는 혹시 싶어 그에게 물었다.

"혹시 지금도 많이 아프세요?"

"네, 지금도 쉴 틈 없이 아파요."

그건 생각지도 못했던 고통이었다. 하반신이 마비되면 당연히 고통 역시 느끼지 못할 것이라 생각했는데, 실은 그게 아니었던 것이다. 24시간 내내 신경통에 괴로워해야 한다고 했다. 불에 타는 듯한 고통. 흔히들 작열통이라고 부르는 통증이 시도 때도 없이 느껴지는 바람에, 그 고통을 잊기 위해 그는 자주 술을 마셔야만 했던 것이다.

"남들 봤을 때 편하게 앉아 있는 것 같아도 사실은 고통을 참고 있는 거죠."

만약 누군가가 '걷고 이 통증을 가질래? 아니면 못 걷는 걸 유지하고 통증을 없앨래?'라고 말한다면, 저는 주저하지 않고 못 걷는 대신 통증을 없애달라고 할래요, 그는 담담하게 그렇게 말했다. 맞는 말이었다. 편견 없이 사람들 앞에 서자고 늘 마음먹는 나조차도 그가 행복하진 않을 수 있더라도 아무런 고통도 없이 편안하긴 할 거라고 생각하고 말았는데. 그만큼이나 끔찍한 고통에 늘 시달리고 있었다니. 아직 한참 멀었다는 생각이 들었다. 세상에는 누구도 모르는 고통이, 겉으로 쉽게 드러나지 않는 고통이 있다는 걸 다시금 생각하게 됐다. 그러니 아주 괜찮고 행복해 보이는 사람을 대할 때도 혹시 보이지 않는 고통이 있지는 않은지 살펴봐야겠다고.

물론, 누구도 모르는 고통이 있는 것과 동시에 누구도 모르는 즐거움과 욕구도 있을 것이다. 김유현 씨의 경우엔 자동차와 운전을 너무 좋아하셔서 자주 드라이브를 즐긴다고 했다. '하반신이 말을 듣지 않는데 운전을 잘하실 수 있을까?'라는 의구심이 잠시 스쳤지만, 이내 마음을 바로잡고 순수한 눈빛으로 그에게 물었다. 그는 손으로 액셀러레이터와 브레이크를 조절할 수 있는 장치가 있다고 대답했다. 그리곤 내친김에 자기가 운전하는 것을 한번 보여주시겠다고 말씀하셨다.

그가 운전하는 차는 흔히들 뚜껑이 열린다고 말하는 오픈카였다. 멀끔한 청년이 오픈카를 타고 있는 모습이, 정말 잘 어울리고 멋지다는 생각이 들었다. 아마 그 누구도 오픈카를 타고 운전하는 그를 보고 '저 사람은 걷지 못하는 사람일 거야'라고 생각하지 않을 거라는 생각도 함께였다.

나에게도, 그리고 누구에게나 보이지 않는 고통과 기쁨, 즐거움이 있다. 그러니 그 누구에게도 타인의 희로애락을 함부로 단정 지을 권리는 없다. 어쩌면 김유현 씨가 나와의 인터뷰를 통해 말하고 싶었던 건 그런 것이었을지도 모른다.

인터뷰를 마치고 집으로 돌아가는 길, 여러 생각과 마음이 가슴속을 맴돌고 있었다. 속마음을 털어놓을 수 있어서 좋았다고 말해준 건 그였는데, 오히려 내가 훨씬 더 많은 것을 배워가는 기분이었다. 조금 더 세상을 바로 볼 수 있게 된 것만 같은 뿌듯함마저 느껴졌다.

모든 일이 시작되는 곳

물론 친근함에서 나오는 것들이겠지만, 종종 그런 농담을 듣는다. 기껏해야 사람 만나서 대화 나누고, 가끔 그들에게 필요한 말 한두 마디씩 하는 게 어떻게 직업이 될 수 있느냐고. 그럴 때마다 나는 이 일을 즐기고 있고 사랑하기에 웃어넘기곤 하지만, 가끔은 정말로 이 일이 왜 필요한지, 이 일을 통해 나와 사람들이 얻는 것은 무엇인지 진지하게 고민해볼 때도 있다. 이 일을 왜 즐기고 있고 왜 사랑하고 있는지에 관하여.

대화는 과연 사람들에게 무엇을 가져다줄까. 사람들은 왜 종종 '우리 사이엔 대화가 필요해'라는 말을 하곤 하는 걸까. 매일같이 하는 대화라는 것의 사전적 정의부터 찾아보았다. 대화. 마주 대하여 이야기를 주고받는 것을 말한다고 한다. 그렇다면 마주 대한다는 건 무엇을 뜻하는 걸까. 서로 똑바로 향하는 것을 뜻한다고 한다. 나는 눈을 감고 앉거나 서서 서로 똑바로 대하는 두 사람을 생각했다.

서로를 똑바로 대한 채로 밥을 먹거나 차와 술을 한잔하는 시간 속에서는, 정말이지 수많은 감정과 약속, 추억과 미래가 오갈 것이다. 우는 사람도 웃는 사람도 있을 거고, 그리워하거나 설레하는 사람도 있을 것이다. 그리고 바로 그곳에서 사랑과 이별, 여행과 사업과 같이 별처럼 무수한 일들이 시작될 것이다. 즉, 대화를 해야만 시작되는 것들이 그만큼이나 많다는 뜻이 되겠다.

사람들은 종종 매일 만나는 사람들과 나누는 대화를 따분하다고 생각하거나 별것 아닌 것처럼 여기곤 한다. 평소와 다르지 않기 때문이다. 때로는 오늘 만난 친구가 자신을 피곤하게 만드는 것 같다고 생각하기까지 한다. 하지만 집으로 돌아가는 길에 곰곰이 생각해보면, 그래도 뻔한 사람과 뻔한 대화였지만, 막상 만나니 왠지 모르게 기분이 좋았던 날이 많았다. 누군가와 웃으며 대화를 나눌 수 있다는 여유에 웃음을 지었던 날 역시 많았을 것이다.

물론 그런 대화에도 조건은 있다. 서로 진심으로 존중하는 마음을 갖고 있어야 한다는 점이다. 오만한 마음, 자만하는 마음을 버리고 뭔가를 과하게 바라는 마음도 웬만하면 품지 않은 채로 하는 대화에는 순수하고도 선한 마음씨들만이 남는다. 그리고 그 대화로부터 아름답고 좋은 일들이 시작되곤 한다. 마치 깨끗하고 기름진 땅에서 건강한 작물들이 자라나듯이 말이다. 서로가 서로를 존중만 하고 있다면, 사람을 만나 짧건 길건 대화를 나누는 것은 무조건 좋은 일이다. 존중만 있다면, 정말 서로 뭐라도 얻어갈 수 있을 것이라고 장담할 수 있다.

그러니까 가까운 사람을 만나 밥을 먹고 술을 마시며 대화하는 모든 과정을 기쁘고도 감사한 과정이라고 생각해 보기를 바란다. 그게 얼마나 중요한 시간인지를 깨달았으면 좋겠다. 내 앞에 앉아 있는 사람이 시간을 내어 나를 찾아왔다는 그 자체만으로도 내가 그래도 친구와 잘 지냈구나라는 생각을 먼저 했으면 좋겠고, 그 이야기를 한다는 사실로부터 있는 힘껏 기쁨을 느꼈으면 좋겠다.

"대화를 업으로 삼는 이유는 뭐야? 거기에 무슨 의미가 있는데?"

언젠가 그러한 질문을 한 번 더 받게 된다면, 이제는 당당하게 이야기할 수 있을 것만 같다. 나는 사람과 사람 사이에서의 모든 일이 제대로 시작될 수 있도록, 땅을 평탄하게 고르고 비옥하게 만드는 일을 하는 사람이라고. 소중한 사람을 더 소중하게 대할 수 있게끔 하고 당신이 사는 내내 더 자주 그리고 오래 기뻐할 수 있게끔 해주는 사람이라고 말이다.

사랑을 시작하기 좋은 시기

후배 한 명이 전화를 걸어왔다. 어디냐는 말을 시작으로 시시콜콜한 이야기를 주고받고 있었는데 어딘가 기분이 좋지 못한 것처럼 느껴졌다. 잠시 대화에 틈이 생겼을 때 혹시 무슨 일 있냐고 물었다. 그러자 후배는 잠깐 말이 없더니 이내 속마음을 털어놓았다. 여자친구와 헤어지고 오는 길이란다. 심지어 이 후배에게는 지난 몇 번의 연애 역시 다 어딘지 모르게 씁쓸한 끝맺은 이력이 있었다. 이번에도 자신이 마음먹은 대로 잘 이어 나가지지 않는 사랑이 속상했는지 한껏 풀이 죽어있었다. 전화로도 느껴질 만큼.

또 다른 후배 한 명이 있다. 조금 전 글에 쓴 후배와는 서로 일면식은 없지만 나이대가 비슷하다. 반면 이 후배는 여유가 넘친다. 어느 정도냐면 같이 카페에 앉아서 휴대폰을 하고 있었는데 굉장히 여유로운 모습으로 누군가와 메시지를 주고받고 전화를 하는 것이 아닌가. 누구냐고 물었더니 요즘 만나는 사람이라는 대답이 돌아왔다.

아마 비슷한 일을 직접 경험하거나 주변에서 봤을 수도 있다. 사랑을 하고 있는데 분명 어딘가 초조해 보이지 않고 여유 넘쳐 보이는 사람이 있다. 언젠가 인터뷰를 하던 도중에 이런 질문을 받았던 적이 있다. '당신은 어떤 연애관을 갖고 있나요?'라는 질문이었다. 사람이 언제 어디서 어떻게 죽을지 알 수 없는 것처럼 사랑의 시작은 그 누구도 알 수 없다고 생각한다. 언제 어디서 어떤 순간에 어떤 사람을 만나 사랑에 빠질 거라는 건 아무도 알 수 없다. 사랑이 시작되는 그 순간은 모르겠지만 사랑을 시작하기 적절

한 시기는 있다고 생각한다. 바로 내가 나 자신의 시간이나 인생에 만족할 때 시작해야 한다는 것이다.

후배 두 명을 보더라도 여유로워 보이는 후배는 지금 자신의 삶에 만족하고 있었다. 그리고 첫 번째 후배는 열렬하게 좋아하던 사람과 헤어지고 나서 그 이별이 일상에까지 영향을 미쳐 스스로 만족하지 못하는 생활을 하고 있었다. 사랑을 하고 싶어서 시작하는 것이 아니라 사랑을 줄 수 있을 때 하는 게 더 좋다는 생각이다. 내 시간이나 내 일이나 내 일상에 만족했을 때 그때 연애를 시작하면 오히려 더 건강한 사랑을 할 수 있다. 내가 가득 차 있어야 누군가에게 사랑을 줄 수 있을 것이고 때로는 내가 준 사랑이 나에게 돌아오지 않더라도 기다리고 이해할 수 있을 테니까. 진짜 단단하고 좋은 연애는 내 인생이 스스로 만족스러울 때, 그때 시작된다.

좋은 사랑

직업 특성상 많은 사람과 대화를 주고받는다. 삶, 죽음, 직업, 꿈 여러 이야기를 나누지만, 그중에서도 많은 사람이 강한 반응을 보이는 건 사랑이다. 지금은 같이 심리 상담 일을 하고 있는 부부상담가 님의 영상이나 결혼정보 회사 대표, 연애 유튜버의 영상을 업로드했을 때 댓글이 뜨거웠던 적이 많다. 그리고 그런 댓글은 천천히 읽다 보면 그런 생각이 든다.

"아, 사람들은 사랑에 대해서 정말 다양한 가치관을 따르고 있구나."

그리고 심심치 않게 이런 댓글도 볼 수 있다.

"사랑 진짜 어렵네요. 좋은 사랑이 도대체 뭘까요?"

아마 많은 사람이 사랑과 관련된 영상을 봤던 심리 내면에는 좋은 사랑을 하고 싶은 마음이 내제되어 있기 때문이 아니었을까 한다. 댓글에 자신의 생각을 달고 또 그 댓글을 누군가가 읽고 다시 답변을 남기고 하는 것 역시 사랑에 대해서 이해하고 싶거나 자신이 겪었던 답답함을 털어놓기 위함이 아니었을까. 그렇다면 도대체 좋은 사랑은 뭘까?

어떤 A라는 사람이 B라는 사람에게 끌렸다고 가정해보겠다. 아니면 A와 B 둘 다 서로에게 호감이 있을 수도 있다. 서로 마음을 맞춰가고 어떤 사람인지 알아가는 과정에서는 서로에게 최선의 모습을 보여주려고 한다. 그것이 외

모든 경제력이든 말투든 항상 최선의 것을 보여주려고 할 것이다. 하지만 사랑이 깊어져서 연인이 되고 연애를 하는 기간이 점점 늘어날수록 그렇지 않은 모습도 보게 된다. 항상 최선의 모습을 보여주던 사람에게서 때로는 추한 모습을 볼 수도 있는 것이다. 혹은 A라는 사람이 매번 B라는 사람을 먼저 데리러 가다가 어느 날은 피곤하다는 말을 할 수도 있다.

내가 생각하기에 좋은 사랑이란 그 사람을 고치려고 하거나 바꾸려고 하지 않고 그대로 존중해주는 것이라고 생각한다. 아무리 이 사람이 나한테 최선의 모습을 보여줄지라도 그 뒤에 어떤 다른 모습이 있을 거라고 생각하는 것. 마음을 얻기 위해서 서로에게 최선을 다하는 그 모습 속에서 그 사람의 진짜 모습을 보려고 노력하는 것이다. 이 글을 읽는 사람은 이런 반응을 보일 수도 있다. 사랑을 시작하고 변한 그 사람이 문제인 거 아니냐고. 하지만 다시 생각해보면 사랑을 시작하고 변한 것이 아니라 그냥 원래 그 사람으로 돌아갔을 뿐이다. 오히려 연애를 시작하기 위한

단계에서 그리고 연애를 시작했을 때의 모습이 변한 모습인 것이다. 그리고 그건 상대방뿐만 아니라 나도 마찬가지일 테다. 나도 어딘가 변한 모습이 있고 나도 어딘가 달라진 모습이 있을 테니까. 많은 사람이 사랑하는 멜로 영화 〈비포 선라이즈〉에는 이런 대사가 나온다.

"네가 아까 커플이 몇 년 동안 같이 살게 되면 상대방의 반응을 예측할 수 있고

또 상대의 습관에 싫증을 느끼게 돼 서로를 싫어하게 된다고 했잖아. 난 정반대일 것 같아.

난 상대에 대해 완전히 알게 될 때 정말 사랑에 빠질 거 같거든.

가르마는 어떻게 타는지. 이런 날은 어떤 셔츠를 입는지. 이런 상황에선 정확히 어떤 얘기를 할지 알게 되면 난 그때야 비로소 그 사람을 사랑하게 될 거야."

영화 대사처럼 진짜 진정한 사랑은 오히려 그 사람의 본 모습을 보게 됐을 때 그때 시작하는 것이 아닐까. 그리고

진짜 좋은 사랑은 그 사람을 바꾸려고 하지 않고 그대로 존중하고 이해하는 것이 아닐까.

좋은 사람인 줄 알았지만
끊어내야 하는 사람

소울리스너라는 상담소를 오픈했다. 부부상담가이자 내 채널에 고정 게스트로 출연하던 한재원 님과의 동업이다. 이제 막 시작했지만, 생각보다 많은 내담자가 방문하고 있다. 상담소를 오픈했다는 소식을 들은 많은 사람이 궁금해하는 게 있었다. 가장 많이 상담하는 주제가 어떤 거냐는 질문이었다. 실제로 상담소를 오픈하고 많은 사람을 만나보니 공통적으로 힘들어하는 주제가 있었다. 바로 '관계'다.

직장, 친구, 가족, 연인 등 관계에서 일어나는 일로 힘들어하는 사람이 정말 많다. 어쩌면 당연한 일일지도 모른다. 세상을 살아가면서 겪는 모든 일에는 사람이 항상 있고 사람이 있다는 건 어떤 관계가 형성된다는 것과 똑같은 말일 테니까. 사람들이 관계에 대해서 얼마나 많이 고민하고 고충을 겪는지 조금만 둘러보면 알 수 있다. 손절, 가스라이팅 같은 단어가 예전보다 훨씬 더 많이 사용되는 것만 봐도 알 수 있다. 그와 관련해서 한재원 님과 좋은 사람이라고 착각하기 쉽지만 사실은 손절해야 하는 사람에 대해서 이야기 나눈 적이 있다. 어떤 사람이 내가 끊어내야 하는 사람일까?

1. 너무 많이 주는 사람

무언가를 너무 많이 주는 사람들이 있다. 만약 정말 건강한 마음으로 단순히 주는 게 좋아서 무언가를 계속 주는 거라면 다행이지만 그렇지 않은 경우도 있다. 자신이 10만큼 주면 20만큼 돌려받고 싶어 하는 경우도 있기 때문이다.

2. 가스라이팅 하는 사람

가스라이팅이라는 단어가 요즘 정말 많이 보인다. 가스라이팅은 타인의 심리나 상황을 교묘하게 조작해서 타인에 대한 지배력을 강화하는 행위를 뜻한다. 속상한 일이지만 가스라이팅을 당하는 사람은 자기 자신이 가스라이팅을 당하고 있다고 인지하지 못하는 경우가 많다. 가스라이팅을 하는 사람은 내가 당신에게 정말 중요한 사람이라고 얘기하면서 다가오기 때문이다. 이렇게 하지 마라, 저 사람 만나지 마라, 이렇게 하는 게 좋다는 식으로 가스라이팅을 시작한다. '나 아니면 안 돼'라고 말하는 사람을 항상 조심해야 한다. 가스라이팅과 조언의 차이도 거기서 발생한다. 어떤 해답을 내려주거나 어떤 조언을 해줄 수 있지만 가스라이팅을 하는 사람은 항상 나만이 너를 생각하고 너를 위한다고 말하는 경우가 많다.

3. 자기 자신이 불쌍하다며 다가오는 사람

예를 들어서 자기 자신은 한 번도 소고기를 먹어본 적

이 없었다는 이야기를 누군가가 꺼낸다면 소고기를 사주고 싶어질 것이다. 하지만 알고 보니 그 사람이 나보다 더 높은 연봉을 받거나 나보다 더 좋은 차를 타고 있는 경우가 있다. 아니면 실제로 상황이 여의찮을 수도 있다. 하지만 중요한 점은 자기 자신이 불쌍하다는 이야기를 꺼내놓은 사람에게는 내가 마음의 손해를 입을 가능성이 크다는 것이다. 앞에 들었던 예로 설명하면 그래, 한 번쯤은 누군가에게 소고기를 사줄 수 있다. 상대방이 어떤 상황이든 간에. 하지만 자꾸 자기 자신을 불쌍하게 표현하는 사람은 내가 일방적으로 챙길 수밖에 없는 위치가 되고 그러다 보면 자연스럽게 마음의 손해를 입을 가능성이 커진다.

4. 뒷담화하는 사람

뒷담화를 자주 하는 사람이 있다. 그런 사람들을 봤을 때 이런 생각을 해도 과언이 아니다. "이 사람은 어디서 내 뒷담화도 하고 있을 것이다." 그런 사람들은 다른 사람의 단점을 찾는데 에너지를 사용하는 사람이기 때문에 내가 어떻게 바꿀 수가 없다.

좋은 사람처럼 보였지만 사실은 끊어내야 하는 사람이 생각보다 많다. 단번에 관계를 끊어낸다는 게 쉽진 않을 것이다. 하지만 말 그대로 손절은 손절이다. 어떤 단계를 거치거나 부드럽게 할 수 있는 일이 아니다. 정말 단칼에 잘라내야 한다. 어렵겠지만 한 번 잘라내고 나면 마음이 훨씬 더 평온해질 것이다. 잊지 말자. 항상 나를 힘들게 하는 사람은 멀리 있는 사람이 아니다. 가까이 있는 사람이지. 끊어내야 할 사람은 끊어내야 한다.

세상에서 가장 소중한 것

한 공무원이 자살했다는 뉴스를 봤다. 이런 기사를 볼 때면 종종 생각한다. 언론에 노출되는 것만 이 정도지 공무원이 아니라 일반 직장인까지 합치면 일 때문에 스스로 목숨을 끊는 사람이 얼마나 많을까. 업무의 강도나 임금, 복지 등 여러 가지 요소가 있겠지만 사람 사이의 관계도 많은 영향력을 미칠 것이다. 내 유튜브 채널도 점점 규모가 커지기 시작하면서 근거 없는 비난이나 악플이 종종 보이기 시작한다. 내 직업은 무관심보다 때로는 악플이라도 반응이 있는 게 더 나을 때가 많기 때문에 그다지 영향을 받진 않는다. 하지만 이건 특수한 경우지 보통 사람에게는 누군가의 미움이 절대 값어치 있게 느껴질 수가 없다.

한 지인이 있다. 회사에서 오랫동안 가스라이팅과 인간관계로 스트레스를 받아서 견디고 또 견디다가 퇴사를 했다. 무려 한 직장을 7년 넘게 다녔는데 말이다. 그분은 지금 일을 그만두고 신경정신과 치료를 받는 도중에 하고 싶은 일이 생겨서 새로운 인생을 준비하고 있다. 언젠가 그분이 술자리에서 넌지시 그런 말을 한 적이 있다.

"회사를 나오니까 이렇게 좋은데 그땐 왜 몰랐을까요?"

직장에서 겪는 힘듦의 종류는 사람마다 다 다를 수 있지만 나는 보통 비슷한 대답을 하는 편이다. 자기 자신이 할 수 있는 모든 것을 다 했는데 그래도 아무런 것도 해결이 안 된다면 그 공간에 자신을 두지 않았으면 좋겠다고 말이다. 힘든 일이 생길 땐 그 힘듦이 내 세상의 전부라고 생각

될 때가 있다. 버티면서 그 자리에서 해결해야 한다는 생각이 들기도 한다. 내 전부가 되어버리니까. 하지만 내가 할 수 있는 것을 다 했는데도 여전히 아무것도 개선이 되지 않는다면 그 일에 너무 내 인생을 걸지 않았으면 하는 마음이 있다.

어떤 사람은 이렇게 대답할지도 모른다.

내가? 내가 왜 나가야 하지?
잘못한 건 저 사람인데?

억울하고 화도 나겠지만 계속 마음의 상처를 받으면 나중에 버틸 수 있는 힘이 약해진다. 여기서 말하는 버틸 수 있는 힘이란 삶의 많은 문제를 통틀어서 말하는 것이다. 이미 직장 일 때문에 마음의 힘이 다 사라져버리면 살면서 마주하는 작고 큰 문제를 견딜 수 없게 된다. 본인이 생각하기에 할 수 있는 모든 것을 다 했다면 내가 떠나는 것도 하나의 방법이 될 수 있다. 꼭 버티고 해결하는 것만이 방법이 아니라는 이야기를 하고 싶었다. 떠난다는 게 꼭 도망간다는 뜻은 아니며 혹시 도망가는 거더라도 아무 상관없다는 이야기를 하고 싶었다. 인생은 생각보다 정말 길다. 열심히 준비한 직장이고 나 아닌 외부의 어떤 일 때문에 내가 떠나는 게 몸서리칠 정도로 싫을 수 있지만 정말 중요한 마음의 힘을 잃지 않았으면 좋겠다. 당신보다 소중한 건 없다.

내가 나를 사랑한다는 것

지난 몇 년을 통틀어서 가장 화두에 올랐던 단어는 자존감이 아닐까 싶다. TV, SNS, 책, 어디를 가나 자존감에 관한 이야기가 쏟아져 나왔다. 다시 생각해보면 그만큼 자기 자신을 사랑하기 힘들어하는 사람들이 많다는 뜻이 되겠다. 자존감은 자아존중감의 줄임말이다. 자신이 사랑받을 만한 가치가 있는 존재이고 어떤 성과를 이루어낼 만한 유능한 사람이라고 믿는 마음이다. 단어의 뜻에서 중요한 점을 발견할 수 있다. 사랑받을 만한 가치가 있는 존재, 어떤 성과를 이루어낼 만한 유능한 사람이라고 믿는 마음이라는 말은 즉 한 사람의 삶 전반적으로 영향력을 미친다는 것과 같다. 일과 사랑을 빼면 사람에게 남는 게 뭐가 있겠는가. 일과 사랑으로 인해 관계가 맺어지기도 하니 관계에도 영향을 미친다고 볼 수 있다.

자존감은 어린 시절에 기틀을 마련한다. 양육자와의 관계에서도 영향을 받는다. 그렇게 자존감이 형성됐더라도 성인이 되는 과정에서 그리고 성인이 된 이후에도 어떤 경험을 했느냐에 따라 자존감이 변하기도 한다. 결론은 엄청 복잡하고 어려운 존재라는 뜻이다. 자존감이 낮으면 이런 일이 일어난다.

1. 엄중한 자기비판과 불만족

2. 상대와 끊임없이 자신을 비교하면서 나를 깎아내린다.

3. 타인을 지나치게 기쁘게 해야 하거나 요청을 거절하

지 못한다.

4. 완벽주의가 생겨서 완벽에 도달하지 못했을 때 좌절한다.

5. 타인의 시선을 지나치게 의식한다.

6. 칭찬이나 비판을 받아들이기 어려워한다.

7. 비관주의가 될 수 있다.

사실, 자존감이 낮을 때 일어날 수 있는 일에 대해서는 한 페이지를 다 채울 수 있을 만큼 많을 것이다. 그리고 이런 자존감이 충분히 충족됐을 때 일어나는 일 또한 위에 나열한 것의 정반대일 테며 대부분의 사람이 어느 정도는 알고 있을 거라고 생각한다. 주변 지인 중에서 자존감이 굉장히 낮았던 분이 있었다. 심지어 우울증도 있었고 기타 여러 증상을 앓으셨던 분이다. 놀라운 건 다른 사람들이 지금 지인의 모습을 보면 예전에 그런 시간을 보냈다는 걸 상상조차 하지 못한다는 것이다. 지인과 단둘이 이야기를 나눌 때 그런 말을 했다. 인지치료도 오래 받고 자기분석도 5년이나 하고 자신 같은 사람들을 위해서 공부를 오래 하면서 느낀 게 있었다고. 인지치료를 받는 과정에서 내가 나를 위할 줄 모른다는 사실을 깨달았다고 하셨다. 그러면서 동시에 이런 생각이 들었다고 했다.

"평생 이 세상에서 나를 위해줄 수 있는 대상을
외부에서 찾아야 한다고 줄곧 생각했는데
나 자신이 있다는 걸 몰랐어요.
처음 그 사실을 알았을 때 얼마나 소름이 돋던지요.
나한테는 내가 있습니다."

그 이후로는 외롭지도 않고 다른 사람의 사랑이나 인정을 갈구하지 않게 됐다고 했다. 물론 전문적인 치료와 자기 분석을 오래 했기 때문에 가능한 일이었을 수도 있으나 며칠이 지나도 그때 들은 말이 머리에서 지워지질 않았다. 내가 나를 사랑할 수도 있다는 걸 몰랐다는 그 말. 어쩌면 자기 자신을 사랑하는 것의 시작은 나한테는 내가 있다는 걸 인지하는 게 아닐까. 그리고 외부에서 사랑을 찾는 것이 아니라 내 안에 또 다른 내가 나를 사랑해준다고 생각하는 게 아닐까. 자신을 사랑하지 못하는 사람들이 오늘은 조금 더 따뜻한 밤을 보냈으면 좋겠다.

2 장

뒤돌아보지 않는다

그만둘 용기

처음 김경태 씨의 이야기를 접한 건 <무엇이든 물어보살>이라는 TV 프로그램을 통해서였다. 흔히들 CRPS라고 부르는, 복합부위통증증후군을 앓는 분이셨다. 이 병은 희귀 난치성 질환으로, 무언가가 해당 부위에 살짝 닿거나 바람만 불어도 불에 타거나 칼로 베는 듯한 끔찍한 통증을 느끼는 병이다. 시도 때도 없이 아프고, 돌발통이 일어날 때는 기절할 정도로 큰 통증이 찾아오기 때문에 불면증과 우울증까지 야기, 자살률이 크게 높은 질환으로 유명하다.

대부분은 외상으로 인한 신경 손상으로 발병되는 질병인데, 김경태 씨 역시 몇 년 전 자전거를 타다 넘어진 뒤로 이 병을 얻게 됐다고 했다. 그는 이 병을 앓게 된 이후로는 줄곧 휴직 상태라고 했다. 진통제에 의존하지 않으면 일상생활이 불가능할 정도로 힘든데, 그 사정을 다 이해해 주는 직장이 웬만해선 없기 때문이었다.

그는 너무 고통스러운 나머지 통증을 앓고 있는 왼쪽 팔을 잘라달라고까지 이야기했었는데, 그마저도 불가능했다. 신체부위가 조금이라도 기능하고 있다면 강제로 그 부위를 절단하지 못하도록 법이 정해져 있기도 했고, 설령 그 부위를 절단한다고 하더라도 절단부부터 다시 통증이 전이될 확률이 있기 때문이었다. 자기 팔을 그냥 잘라달라고 말할 정도의 고통은 어떤 고통인 걸까. 그리고 그 마음은 또 어떤 마음이었을까.

그래서 그가 선택한 것이 바로 안락사였다. 우리나라에선 불법이니, 스위스의 모 비영리단체 및 병원에서의 안락사를 고심하기 시작했다. 자기 삶을 자신의 의지대로 끝마친다는 점에서 자살과 닮았기 때문에, 해당 기관에서는 충동성과 우울 지표 등을 들어가며 여러 가지 엄격한 테스트를 거쳐야 했다. 김경태 씨는 그러한 테스트들을 전부 거쳐서 드디어 해당 비영리단체의 회원이 될 수 있었다. 그리고 그때 그가 처음 느낀 감정은 이제 죽게 된다는 슬픔이 아니었다. 오히려 '삶의 돌파구'를 찾았다는 안도감과 후련함이었다. 나는 죽음이 돌파구가 될 수 있다는 사실에 많은 생각이 들었다.

물론 안락사는 지금도 의견들이 첨예하게 대립하는 주제이기 때문에, 여기에서 안락사의 옳고 그름을 가릴 생각은 없다. 다만 나는 그것을 결정하고 자진해서 시간과 정성을 들여 시험을 거쳤던 그의 용기에 대해 이야기하고 싶을 뿐이다.

"큰 보험을 들어놓은 것만 같아요"

그는 그렇게 말했다. 전에는 아무리 아파도 기절하는 일, 진통제를 찾는 일, 그저 버티는 일밖에는 할 수 없었는데, 이제는 정말 힘들면 할 수 있는 것이 생겼으니까, 그것만으로도 역설적이지만 '잘 지낼 수 있을 것 같은 마음'이 되었다는 것이다. 죽을 곳을 찾았다는 사실이 잘 지낼 이유가 되어준다니. 삶과 죽음은 공존할 수 없다고 생각했는데, 그에게는 그게 희망이자 보험이 되어줄 수 있다는 게 큰 울림을 줬다.

또 하나, 그가 안락사를 선택한 것은 남겨진 사람들을 위해서도 있었다. CRPS를 앓는 환자 중 상당수가 극단적 선택으로 생을 마감하곤 한다. 김경태 씨가 자살이 아닌 안락사를 선택한 것은, 자신의 죽음으로 누군가는 피해를 보기 때문이다. 누군가는 수습을 해야 하고 누군가는 예정에도 없던 작별에 큰 슬픔을 감내해야 하기 때문이었다. 스스로가 스스로의 죽음의 시기를 선택하기 위해. 누구에게도 피해를 끼치지 않고 평화롭게 죽음을 맞기 위해 결정한 것이라고. 어때요, 잘한 것 같죠? 웃으면서 말씀하시는 그에게 나도 잘하셨어요, 그렇게 대답할 수밖에는 없었다.

그가 스스로의 삶을 마치겠다고 마음먹었을 때, 그의 말을 들은 사람들은 다들 '그 힘으로 살아보지', '그 힘으로 돈을 벌어보지'와 같은 말을 건네왔다고 한다. 물론 속상한 마음 때문에 그런 말을 건넬 수도 있겠지만, 사실 그에게도 나름의 신념이 있었을 것이고 그는 단지 자신의 최선의 방법을 찾은 것일 수도 있다. 나는 그를 알기에 함부로 어떤 조언도 할 수 없었다. 다만 들을 기회를 얻고, 그가 건네는 말들을 듣고, 깊이 생각해보았을 뿐이다.

고된 회사 생활을 견뎌낼 수 있는 이유는, 아이러니하게도 언제든 퇴직할 수 있다는 희망이 있기 때문일 것이다. 그러니 우스갯소리로 '가슴 속에 사직서 한 장 품고 오늘도 버텨본다'라는 말들을 하는 것일지도 모른다. 그리고 어쩌면 그 희망이 김경태 씨에겐 안락사인 게 아니었을까. 삶과 일을 완벽히 동일시할 수는 없겠지만, 삶 역시 그러한 결정권이 자신에게 있어야 살아갈 힘도 버텨낼 힘도 조금이나마 더 낼 수 있을 것이다. 더 잘해볼 결정권, 그리고 언제든 그만둘 결정권이 자신에게 있다는 것. 그만큼이나 중요한 건 사실 없을지도 모른다.

안락사가 과연 도덕적으로 옳은 일인지 그른 일인지는 아직도 잘 모른다. 다만 모두가 한 번쯤은 생각해볼 소재라고 생각한다. 김경태 씨가 그런 결정을 하게 된 계기와 속마음에 관해서, 한 사람의 삶과 죽음에 관해서 한 번 정도는 듣고 생각해봐야 한다고 생각한다.

물론 여전히 김경태 씨의 가족들은 그의 결정에 공감해주지 못하고 있다고 했다. 사랑하는 가족이 스스로 삶을 끝내겠다는 게 가족의 입장에서야 당연히 이해가 가지 않을 수도, 받아들여지지 않을 수도 있다. 하지만 한 사람쯤은, 가족도 친구도 아닌 낯설고도 다정한 한 사람쯤은, 그의 이야기를 들어줘도 괜찮은 것 아닐까. 그리고 괜찮다면 내가 그 역할을 해줄 수도 있는 것 아닐까. 어쩌면 내가 그토록 많이 아픈 사람들과 다친 사람들을 찾아다니는 가장 큰 이유가 그 때문일 것이다.

인터뷰 이후, 김경태 씨는 공인중개사 자격을 취득하셨다. 그토록 커다란 고통과 절망을 견뎌내면서 얻어낸 자격이라 더욱 의미가 크다. 그가 정말로 공인중개사로 사회생활을 하시게 될지, 그래서 힘을 얻어 안락사를 선택하지 않게 될지는 아무도 모르는 일이다. 다만 나는 그와 깊고도 진솔한 대화를 나눈 사람으로서, 언제까지나 그의 행복과 평안만을 바랄 뿐이다.

듣는 내공

유튜버로 활동하면서도 늘 상담이라는 일을 향한 목마름이 있었다. 더 잘하고 싶었고 더 본격적으로 해보고 싶었다. 상담을 잘하는 사람, 상담 쪽 경험이 많은 사람이 있다면 기꺼이 배우고 싶은 마음도 있었다.

부부 심리 상담사 한재원 님과 함께하게 된 것도 상담 전문가를 찾다 보니 그렇게 된 것이었다. 상담을 잘하는 분을 섭외해 인터뷰를 해보고 싶어서 심리상담사, 연애, 불륜과 같은 키워드들을 검색창에 입력했다. 여러 이름이 보였고 그 한 분 한 분의 영상들을 다 찾아보았다.

한재원 님의 경우엔, 말할 때 지식적으로만 말하는 게 아니라 먼저 공감을 하고 말을 이어가는 것이 너무도 잘 느껴졌다. 영상 하나하나에서, 말 한마디 한마디에서 많이 공감한 데이터가 보였다. 그건 골똘히 고민하고 진심으로 공감하는 사람만 할 수 있는 말들이었다. 그래서 일단 만나자고 한 것이었다. 한편으론 나도 심리상담을 하고 싶으니 조언을 얻기 위해서 접근한 것도 있었다.

*

'이 정도로 내공이 있는 사람이 있었어?'

한재원 님을 만나자마자 든 생각이었다. 심리상담은 답이 정해져 있는 게 아니고 누가 하느냐에 따라 다른 결과와 영향을 일으키는 행위다. 그렇기에 나는 적어도 이 사람의 해결책이 정확하지는 않을지언정 공감을 잘해주는 것만으로도 80% 이상의 역할은 해주는 것이라고 생각한다. 내가 그 잘난 사람들 중에서도 한재원 님을 선택한 이유도 이 사람이 가장 공감을 잘하는 사람이라고 생각했기 때문이었다. 진짜 마음을 오래 써서 고민하는 사람이라는 게, 늘 사람을 고민하는 사람이라는 게 너무도 잘 보였으니까.

하나 예를 들어보겠다. 사람들과 연락을 주고받다 보면, 때로는 상대방이 답장을 대충 하거나 아예 보내오지 않을 때도 종종 있다. 그리고 그때마다 우리는 '왜 이렇게 대답을 대충 하지?'라고 생각하거나 무작정 서운한 마음부터 품곤 한다. 하지만 한재원 님의 경우엔 달랐다. 누군가가 자신에게 대충대충 답장해 오거나 아무런 대답도 해오지 않으면, 그래서 서운한 마음이 돋아나기 시작하면, '나는 지금 왜 서운할까?'를 함께 생각하는 사람이었던 것이다. 그리고 나아가 '섭섭해하지 않으려면 어떻게 해야 하지?'와 같은 방식으로 생각을 하나씩 만들어가는 분이시기도 했다.

나조차도 그렇다. 나는 분명 이 사람 인생을 조금 더 나아지게 하도록 아무 대가도 없이 대해줬는데, 상대방은 그걸 몰라주거나 오해하는 상황이 가끔 생겼다. 나도 사람인지라 그때마다 속상한 감정을 느끼고 때로는 그 감정이 그 사람이 미워지는 일로까지 이어지기도 했다. 그러면 나는 '내일부터 다시 같이 일해야 하는 사이인데, 어떻게 다시 원래의 상태로 함께 돌아갈 수 있지?' 하고 생각하곤 했다. 늘 쉽지는 않았지만 말이다.

듣는 사람이라면 무조건 듣는 내공이 있어야 한다고 믿는다. 그 듣는 내공은 많은 고민과 그 고민을 실전에서 하나하나 확인해가는 데에서 온다고도 생각한다.

가끔 그런 사람이 있다. 남에게는 조언을 잘해주는데 자신은 못 그러는 사람들 말이다. 정말로 잘 듣고 잘 조언하는 사람이 되기 위해선, 결국 자신에게도 그 솔루션을 대입해봐야만 한다. '나도 한번 해볼까?'라는 마음가짐으로 실천해보고, 답이 틀린 것 같을 때마다, 새로운 깨달음이 있을 때마다 자신의 생각과 노하우를 업데이트해야만 한다. 사람들의 사연을 한꺼번에 일반화시키고, 단 하나의 정답을 찾아내는 것은 불가능한 일이다. 그러니 그것들로 쌓인 데이터들을 하나하나 실생활에 적용해보는 것이다. 그래야만 내담자에게 새로운 솔루션을 제공할 수 있게 된다. 상담이라는 일은 서로 다른 사람들을 만나 그에 맞는 해결책을 함께 찾아가는 일이기 때문에 보기가 많을수록 좋다. 내담자마다 맞는 솔루션이 다를 수가 있으니 여러 개를 줄수록 좋은 것이다. 그렇기에 나는 보기를 많이 줄 수 있는 사람이 내공이 높은 사람이라고 생각한다.

"다음 주에는 또 뭘 찍어볼까요?"

듣는 내공이 높은 사람과 조금 더 함께하고 싶어서, 그러면 내가 더 좋은 사람이 될 수 있을 것 같아서 그런 말을 건넸다. 그랬더니 한재원 님은 또 다른 흥미로운 이야기를 해주셨다. 그 소재가 너무 좋아 다시 많은 이야기를 나누었다. 그건 그다음, 그다음의 다음까지도 이어졌다. 그러다 보니 한재원 님과 나는 지금 상담 프로젝트를 함께하는 과정에 이르렀다.

꼭 상담을 업으로 삼을 사람이 아니더라도, 진심으로 잘 들어주는 사람이 되고 싶다면, 그래서 좋아하는 사람들에게 정말로 좋은 사람이 되고 싶다면, 공감을 최우선의 미덕으로 삼아야 한다는 것을 잊지 말았으면 좋겠다. 잘 들어주는 것만으로도 생각보다 많은 것이 해결된다.

일단 해보는 일

여러 사람을 만나 대화를 나누는 일을 업으로 삼고 있다 보니, 자연스레 많은 직업을 접하게 된다. 어느덧 4년째다. 익숙해질 법도 한데, 세상에 이토록 많은 직업과 사람이 있다는 사실 앞에서는 매번 놀라게 된다. 그러면서도 동시에 자연스레 내 주변을 이루는 세상과 그 세상을 보는 눈이 넓어지는 것은 참 감사하고도 행복한 일이라고도 생각하게 된다.

이제 막 스무 살이 된 조카가 있다. 감사하게도 조카와 나는 사이가 좋다. 조카는 매번 내게 뭐가 그렇게 궁금한지 이것저것 물어보곤 한다. 대부분 직업 또는 아르바이트에 관한 질문들이다. 그래도 내가 남들보다 많은 직업군의 많은 사람을 만나고 다니기 때문에 무엇 하나라도 더 잘 알고 있다고 생각하나 보다.

'삼촌, 이건 돈을 얼마나 벌어요?'
'그 일은 역시 많이 힘들겠죠?'

그러한 질문들 앞에서, 나는 늘 무엇이든 해보라고 말한다. 이유는 간단하다. 한 사람이 자신에게 가장 잘 맞는 일, '직업'이라고 부를 수 있을 정도로 어느 정도의 애착과 전문성을 가질 만한 일을 단번에 만날 확률은 너무도 희박하기 때문이다. 어쩌면 사람을 만나는 것과 마찬가지라고 생각할 수도 있겠다. 맨 처음 만난 사람과 결혼까지 가는 사람도 물론 있지만, 그런 경우는 거의 없다. 내게 잘 맞는 사람은 누구인지, 나는 어떤 사람과 어떤 삶을 살기를 원하는

지를 파악하고 난 뒤에야 평생을 함께할 사람을 정할 수 있는 것처럼, 직업이라는 것, 일생의 일이라는 것을 정할 때도 여러 경험과 시도가 필요한 것이다.

그렇다면 일단 해보면 자연스레 자신에게 잘 맞는 일을 찾게 될 텐데, 세상 사람들은 뭐가 문제여서 맞지도 않는 일을 하며 괴로워하는 걸까? 나는 이것에 대해서도 오랫동안 생각해봤다. 그리고 나름의 결론을 내릴 수 있었다. 물론 다른 여러 이유가 있을 수 있겠지만, 몇몇 사람이 흥미롭다고 생각한 일, 자신에게 잘 맞을 수도 있다고 생각했던 일을 시작하지 않는 가장 큰 이유는 바로 두려움 때문이다. 그 일은 위험하다던데, 적게 번다던데, 어렵다던데, 그렇게 세상 또는 주변으로부터 전해 들은 이야기들 때문에 겁부터 먹어버리고 마는 것이다.

가끔은 주변 사람들을 보며 답답함을 느낄 때가 있다. 사람들은 생각을 다 정리하고 자기만의 답을 찾은 다음에 행동하려고 한다. 그러다가 혼자서 생각을 이어가지 못할 때는 주변에 의견을 구하기도 한다. 하지만 '할까요? 말까요?'라고 묻는 사람에게, '해봐!'라고 말하는 사람은 정말 찾아보기 힘들다. 대다수는 새로운 일 앞에서 늘 제약사항만 말한다. 그거 너무 수입이 불안정하지 않을까? 쉬는 시간이 거의 없지 않을까? 사람들이 이상하게 보지 않을까? 라는 말들로, 진지하게 고민하고 있는 사람에게 오히려 더 겁을 줄 뿐이다.

뭐가 됐든 해봐야 한다. 가능성이 희박하더라도 해봐야 한다. 아르바이트도 마찬가지다. 일을 하다가 잘릴 수도 있다. 그래도 이것저것 다 해봐야 한다. 행동부터 하면 되는 건데 생각부터 하거나 겁부터 먹는 게 문제다. 생각이 너무 많으면 행동으로 이어질 수 없다.

한 사람의 미래가 어떻게 흘러가고, 어떤 가능성이 그 앞에 펼쳐질지는 누구도 모른다. 묵묵히 하다 보면 선물처럼 나타나는 일과 새로 알게 되는 것들은 늘 있어왔다. 필드에 나가서 부딪혀보면, 하지 않고 머물러 있을 때는 얻지 못했던 것들이 반드시 내 손안에 들어올 것이다.

만약 이 글을 읽는 당신도 그와 같은 나날을 보내고 있다면, 마찬가지로 '일단 해보세요'라는 말을 건네고 싶다. 몇 년을 해도 그만둘 생각이 나지 않는 일, 아무리 피곤해도 마냥 즐거운 일을 찾게 될지도 모를 일이니까.

뒤돌아보지 않는다

내가 초등학교에 다녔던 무렵의 이야기다. 그때의 나는 지금과 별반 다를 것 없이 대화를 좋아하는 아이였다. 아이와 어른, 성별을 가릴 것 없이 내게 호의를 갖고 말을 걸어오면 언제든 웃으며 대답할 준비가 되어있었다. 친구 어머니께서 세상 물정도 모르는 초등학생에게 삶의 애환을 털어놓았던 것도, 알지도 못하는 사이인 후배가 연애 상담을 신청해온 것도 아마 나의 그런 허물없음을 그쪽에서도 느꼈기 때문일 것이다.

그날은 문방구 아저씨와 대화를 나누고 있었다. 친구 녀석들은 불량식품을 사 먹거나 장난감을 구경하거나 오락기 앞에 모여 앉아있는데, 나는 뭐가 그렇게 재밌다고 아저씨와 오랫동안 수다를 떨었다.

그 사람이 우리 앞을 스쳐 간 것도 그때쯤이었다. 평범한 동네 사람이 나와 아저씨 사이로 지나갔고, 아저씨는 나와 대화를 나누다 말고 멀어지는 그 사람의 뒷모습을 오랫동안 지켜보았는데, 나는 그때 아저씨의 눈빛이나 표정에서 왠지 모르게 강렬한 불쾌함을 느꼈다. 그냥 동네 사람을 쳐다보는 건데 나와 대화를 나눌 때와 너무 다른 눈빛이었다. 얼마나 불쾌하면 그곳에 있던 친구들을 다 데리고 얼른 도망치듯 문방구를 떠나기까지 했다. 그 뒤로는 아무리 가까워도 그 문방구에 가지 않았다.

어른이 돼서 생각해보건대, 그때의 내가 비록 아무것도 몰랐을지라도 본능적으로 불순한 마음이나 시선 같은 것 정도는 감지할 수 있었던 건 아니었을까. 그래서 그랬던 게 아니었을까. 사람이 사람의 몸을 위아래로 훑는 것, 심지어 뒤에서 그러는 것은 실례가 되는 행동이라는 걸 배우지 않았더라도, 그건 사람이라면 기본적으로 하면 안 되는 일이라고, 그렇게 생각하고 있었을지도 모른다. 그날 이후로 내게는 사람의 뒷모습을 보지 않는 버릇이 생겼다. 내게서 혹시 모를 악한 마음이 생길 것을 예방하고 싶어서, 또 오해를 만들고 싶지 않아서 만든 습관이었다.

하지만 하나 더, 내가 사람의 뒷모습을 보지 않는 더 큰 이유가 있다. 바로 편견을 갖지 않기 위해서이다.

사람을 뒤에서 보면 편견이 생긴다. 멀어지는 걸음걸이를 보면서, 메고 있는 가방의 모양과 브랜드를, 표정이 아닌 몸을 보면서, 우리는 우리도 모르는 새에 그 사람을 평가하기 시작하고, 그런 혼자만의 평가는 자연스레 편견으로 굳어지고 만다. 그리고 그렇게 한 번 굳어진 편견은 좀처럼 사라지지 않고, 느리지만 분명하게, 그 관계를 병들게 만드는 것이다.

나는 누구를 만나든 작별 인사를 나누고 나면 미련 없이 발걸음을 돌린다. 오늘의 만남도 참 반갑고 좋았다고 생각하며 순수하게 다음을 기약한다. 혹시 조금 전에 만난 사람이 뒤돌자마자 보고 싶을 만큼 좋은 사람이더라도, 그래서 가는 모습이라도 보고 싶더라도, 그럴수록 더더욱 돌아가야 할 곳으로 힘껏 걷는다. 그래야만 다음번의 만남이 더 설레고 순수할 거라고 믿기 때문이다.

물론 이런 나를 보며 누군가는 '한 번을 뒤돌아보지 않고 쌩 가버리냐'라고 할 수도 있지만, 나는 그렇다. 한 번 생겨난 편견 때문에 오랫동안 괴로워하기보단 차라리 한 번 핀잔을 듣거나 나는 원래 이러이러해서 뒷모습을 잘 안 본다, 그렇게 구구절절하게 설명하는 것이 편하다. 그러니 내가 당신을 만난 뒤 얼른 당신과 멀어진다는 것은, 내게만큼은 당신을 남들보다 더 많이 좋아한다는 뜻, 당신이 특별한 사람이라는 뜻이 되는 것인지도 모르겠다.

용기가 나지 않을 때

용기를 내는 일은 누구에게나 참 어려운 일이다. 용기. 씩씩하고 굳센 기운. 또는 사물을 겁내지 않는 기개를 말한다. 그게 큰 결심이 됐건 작은 결심이 됐건, 그 결심의 당사자에게는 무려 '겁내지 않으려는' 대단한 일이기에 어려울 수밖에 없는 것은 당연하다.

내게도 크고 작은 용기를 내야 하는 순간들은 늘 생긴다. 만나본 적 없는 사람을 만나 낯선 대화를 시작하기 전에, 그리고 내게 호의적이지 않을 수도 있을 사람들에게 대화를 요청할 때마다, 나는 조금이라도 더 겁먹지 않으려 습관처럼 심호흡하곤 한다. 가끔 다소 어두운 세계에서 일하는 사람들을 만날 때나 대화가 의도했던 대로 흘러가지 않을 때는 평소보다 두 배로 깊고도 자주 심호흡을 한다.

'할까요, 말까요'를 정하는 일생일대의 결정을 할 때도 용기는 필요하다. 그리고 안타깝게도 이런 상황에서 대다수는 용기를 내지 못하고 그냥 하지 않는 것을 선택한다.

'나는 정말 그림 그리는 일을 사랑하지만, 내게 특별한 재능이 있는지도, 그리고 이 일을 선택한다고 해서 안정적인 성공을 거두게 될지도 잘 모르겠어. 그냥 남들처럼 편하게 가야겠다.'

그리고 훗날 자기 삶이 제대로 굴러가지 않을 때, 하기로 마음먹고 큰 성공을 거둔 사람을 볼 때마다, 용기를 내지 못했던 자신을 자책하는 것이다.

해야 할지 말아야 할지를 고민하는 사람들에게, 그리고 해보길 원하고 있고 하는 게 좋다는 걸 알지만, 두려워서 시도하지 못하고 있는 사람들에게 내가 해줄 수 있는 말은 하나다. 바로 '조금은 현실적인 고민을 해보자'라는 말이다. 내게는 새로운 무언가를 시작할 때마다 현실적인 것들을 보는 버릇이 있다. 이 일을 하는 데에 돈이 얼마나 들지, 뭘 해야 할지, 얼마나 많은 시간과 노력을 소비해야 할지와 같은 것들 말이다. 나아가서는 참고할 만한 모델을 찾아보기도 한다. 그 일을 정말 잘 해내고 있는 사람과 크게 실패한 사람, 그리고 중간쯤 하는 사람들의 모습을 보면서, 그들의 생활 패턴과 나름의 고충을 예상해보는 것이다. 그러다 보면 어느샌가 그들에게 자신을 대입시켜, '나라도 저렇게 하겠다!' 혹은 '나는 저런 실수를 하지 말아야지'와 같은 생각을 하고 있는 자신을 발견하게 된다. 조금이라도 더 현실적인 것들 위주로 고민하다 보면, '용기를 내야 한다'는 막연한 생각을 하기보단 '어떻게 해야 한다'라는 식으로 구체적으로 생각할 수 있게 된다는 말이다. 그 과정을 거치면서 자연스레 겁을 먹거나 큰 결심을 하는 과정을 뛰어넘어버리는 것이다. 그게 아니더라도 아주 작은 용기만 마지막에 필요할 뿐, 아무것도 주저할 것은 없는 마음 상태가 된다.

간혹 여행을 떠나기 전이나 새로운 일을 시작하기 전에 준비물부터 시작해서 필요한 모든 물건과 절차들을 치밀하게 생각해보는 사람이 있다. 그리고 몇몇 사람들은 그를 보며 겁이 많다고 말하곤 한다. 하지만 나는 자주 오히려 반대가 아닐까 생각하게 된다. 그런 사람들은 일단은 하기로 마음먹은 사람들, 하기로 마음먹었으니 더 잘, 더 확실하게 해내려고 이미 준비하고 있는 사람들일 수도 있으니까.

삶이란 목적지도 분명하지 않고 가야 할 길도 정해지지 않은 여행과 같다. 어쩌면 그런 여행 앞에서 두려운 마음, 막막한 마음을 품는 일은 당연할지도 모른다. 하지만 때로는 그럴수록 과감해질 필요가 있다. 현실적으로 생각할 필요가 있다. 삶이라는 여행에서는 가만히 서 있는다고 하더라도 다른 누군가가 내 등을 밀어주지 않으며, 지금 가지 않으면 영영 가지 못하게 되는 곳도 많으니까.

눈앞에 있는 것들, 실질적으로 챙겨야 할 것들부터 하나씩 생각해보자. 빨리 출발하고 싶다는 생각, 이왕 떠나는 것 멋지게 떠나보고 싶다는 생각이 샘솟게 될지도 모른다.

들으며 배운다

어떤 분야든 마찬가지이겠지만, 유튜브도 아이템 싸움, 콘텐츠 싸움이다. 조금이라도 더 새롭고 흥미를 이끎과 동시에 분명한 메시지를 전달하는 영상을 만들기 위해 모두가 고군분투한다.

사람들이 궁금해할 법한 사람은 누가 있을지, 보통은 한 번도 살아본 적 없고 살아볼 확률도 거의 없는 삶에는 어떤 이야기가 있을지를 온종일 생각하다가 탈북자라는 세 글자가 머리에 스쳤다. 하지만 이내 아니라고 생각하며 고개를 저었다. 유튜브에서도 텔레비전 속에서도 이제는 너무도 흔하게 탈북하신 분을 찾아볼 수 있었다. 탈북자라는 소재도 어느새 너무도 보편적인 것이 되어버리고 만 것이다.

'조금 더 강한 이야기를 해줄 수 있는 분이 계시지 않을까?'

이 질문은 내가 최금영 님과 소중한 인연을 가질 수 있도록 나를 이끌어주었다. 최금영 님은 북한 내에서도 가장 혹독하고 열악한 곳으로 알려진 아오지 탄광촌에서 태어나 최초로 탈출한 분으로, 지금은 재테크와 사업 등을 통해 누구도 부럽지 않은 자산가로 여러 곳에서 활동하고 계신다.

처음 그분을 만나 뵀을 때 느낀 첫인상은 '소녀 같다'였다. 어느덧 관록이 쌓인 나이인데도, 수많은 우여곡절을 겪었는데도, 그리고 이제는 윤택한 삶을 살고 있는데도 여전히 소녀처럼 활발하고 깨끗한 느낌이었다. 그렇기에 처음에는 조금 의아한 생각도 들었다. 이렇게 티 없이 맑은 사람을 어떻게 아오지 탄광에서 탈출한 사람이라고 생각할 수 있을까, 과연 이 인터뷰를 통해서 의미 있는 이야기를 들을 수 있을까 하는 의구심이 들었던 것이다.

하지만 인터뷰가 진행되면서 그러한 의심들은 금세 날아가 버렸다. 대충 생각했던 것보다도 훨씬 더 잔혹하고 날것 그대로의 이야기가 있었다. 아버지의 처형을 막기 위해 칠흑 같은 밤에 산을 넘어 소를 훔쳐 왔던 이야기에서부터 시작해 중국으로 건너가 탈북을 시도했던 이야기, 배 사기를 당해 다 가라앉아가는 뗏목에서 죽음의 기운을 느꼈던 이야기, 그러던 중 중국 경비함에 발각돼 다시 북송될 위기를 겪었던 이야기 등, 영화보다도 더 영화 같은 이야기들이 즐비했다. 그리고 최금영 님은 이런 이야기를 할 때조차 이래도 되나 싶을 정도로 당당하고도 밝았다.

중국과 한국 사이의 망망대해 위에서, 또 서서히 가라앉고 있는 뗏목 위에서, 금영 님은 믿는 신이 없는데도 기도를 했다고 했다. 제발 한 번만 살려달라고. 살려주기만 한다면 열심히 살겠다고. 그리고 그런 우여곡절을 겪은 덕분인지, 금영 님은 실제로 공짜로 하나 더 받은 삶을 살아가기라도 하는 사람처럼 열심히, 악착같이 살기 시작했다고 했다.

그분의 파란만장한 삶을 전해 들으며, 그리고 그분께서 헤쳐온 과정을 간접적으로나마 함께 접하면서, '언제 어디에서든 결국 성공했을 사람이구나'라는 생각을 했다. 이런 정신력과 근성, 지혜로움과 함께라면 어떻게든 기어코 큰 성공을 이뤄내거나 부자가 됐었을 거라고. 그리고 그럴 때마다 스스로 반성하게 된다. '이 사람은 처음부터 그런 조건이었으니까', '저 사람은 원래 금수저였으니까'라고 자기합리화를 하기엔, 너무도 열악한 곳에서부터 그만큼이나 위대한 결과를 만들어낸 사람이 내 옆에 앉아 있는 것이었다.

생각하는 방식 자체가 달랐다. 우리는 보통 '강남에 아파트 사기'와 같은 목표를 세워두곤 그 목표 때문에 괴로워

한다. 그 목표가 너무도 커다란 목표라는 생각 때문에 괴롭고 그 과정이 고생스러울 것이 뻔하다고 생각해서 또 괴로운 것이다. 하지만 그분은 막막하다고 생각하지 않는다. 우리들은 그렇게 무조건 끝을 정해놓는데, 그분께선 죽었다 살아나는 과정을 많이 겪어서 그런지 끝을 정해놓지 않는 것이다. 세상을 무한하게 바라보는 것이다.

책의 맨 앞에서 언급한, 그리고 내 유튜브 역사에서 빠지면 안 되는 존재가 된 까레라이스TV도 항상 그랬다. 내가 작은 성공에 취해있을 때마다 '그럼 이제 다른 거 해야지?'라는 말을 건네왔다. 유튜브에 안주해 있을 때 주고받았던 말도 '그럼 이제 다른 일에도 도전해야지?'였다. 내가 '망하면 어떡해요?'라고 말하면 '최소한의 안전장치만 만들어놓고 도전하면 된다'라며 쉽게 대답해온다. 옛날에는 이게 무슨 소리인가 싶었다. 그런데 이렇게 오랫동안 인터뷰하면서 많은 사람을 만날 때마다 잘 되는 사람들의 공통점을 얻게 되는 것이다. 대부분 잘 되는 사람들은 겁이 없다. 목표를 어떤 아파트 사는 것처럼 한 지점으로 정해놓는 게 아니라 어떤 태도로 삶을 살아갈 것인지에 대해 조금 더 집중한다.

잘 되는 사람들, 부자가 되고 마는 사람들에게는 공통적인 감각들이 느껴진다. 그것은 종이 위에 온전히 적어낼 수만은 없는, 말 그대로 감각이라는 말이 잘 어울리는 것들이다. 그런 것들을 느낄 때마다 삶의 신비로운 비밀을 알게 된 것만 같아서 두근거리고도 감사한 마음이 된다. 실제로도 그 지혜들은 누군가가 넘어지고 깨지고 죽을 고비들을 넘기며 얻어낸 값비싼 아이템이기 때문이다. 나는 그것들을 일부분이나마 마음 깊이 새기고 따라 하려고 애쓰다 보면, 마찬가지로 그들이 이뤄낸 것들의 일부분이나마 내 것으로 만들 수 있을 것이라 믿는다. 내가 사람들을 만나고 그들의 이야기를 진심으로 듣는 일을 사랑하는 또 다른 이유이기도 하다.

사회적 지위와 직업, 나이를 막론하고 이 세상을 사는 사람들 모두가 전부 철학자라고 생각한다. 각자의 일이 너무도 바쁘고 삶이 각박하여 그 철학을 누군가에게 전달하지 못했을 뿐, 그들에게는 모두 자기 삶을 살아가며, 그러니까 다치고 깨지고 싸우고 이겨가며 얻어낸 귀중한 배울 점들이 있는 것이다.

의심하는 마음을 비워내고 배우려는 마음을 채우자. 귀와 마음을 열고 앞에 있는 사람의 말을 들어보자. 그곳에 반드시 배울 점이, 내가 더 좋은 사람이 될 수 있는 방법이 숨어 있을 것이다. 아오지 탄광에서 탈출한 최금영 님을 만나고 이야기를 들으며 배운 건 겁 없이 사는 게 그 어떤 삶의 태도보다 중요하다는 것이었다.

나는 오늘 이것을 배웠다.

순수함과 겁 없음 사이

"진짜 대단하긴 하다. 무섭지도 않나?"

내 유튜브 영상에는 종종 이런 댓글이 달린다. 사람들이 보기에 조금 성격이 좋지 않아 보이거나 돈이 많은 사람, 사회적으로 대단한 지위를 지닌 사람에게 과감한 질문을 던질 때가 있는데, 그게 무섭지도 않냐는 의미로 달리는 댓글들이다. 나는 아주 솔직한 마음으로, 이런 댓글들이 달릴 때마다 '이번에도 제대로 물어봤구나'라는 생각에 짜릿

한 재미와 기쁨을 느끼곤 한다.

수많은 인터뷰이를 만나 대화를 나누면서 무뎌진 탓도 있지만, 의식적으로도 나는 아무리 대단한 사람, 또 반대로 아무리 사회적으로 무시를 받거나 지탄받는 사람 앞에서도 최대한 편견 없이 질문하려고 애쓴다. 앞에 있는 사람이 범죄자건 기업 회장이건 상관없이 똑같은 태도를 보이려고 하는 것이다. 만일 주변에 그를 수행하는 사람, 자꾸만 그를 한 명의 자연인이 아닌 어떤 직함을 지닌 누군가로 만드는 사람이 있다면 인터뷰를 하는 동안에는 단둘이만 있게 해달라는 식으로 부탁드리기도 한다. 그렇게 사람 대 사람으로 두 사람이 마주 보고, 과감한 질문과 속 시원한 대답을 주고받고 피하지 않고 눈을 마주 보다 보면, 어느 순간 당당해져 있는 나를 깨닫게 된다. 역시 사람은 다 똑같다고 생각하게 된다. 그 사람을 둘러싼 많은 사람의 갑론을박도, 그 사람의 지위나 재산도, 신체적인 조건도, 그 아무것도 신경 쓰지 않게 된다. 골똘히 생각하기보단 순수한 호기심을 있는 그대로 드러내게 된다는 말이다.

그게 누가 됐건 간에, 사람으로 태어난 이상 병들고 다치고 죽을 확률, 망하거나 흥할 확률은 누구에게나 공평하고 필연적으로 적용된다. 아무리 대단한 사람 소리를 듣는다고 해서 죽음이나 질병, 사고가 그를 비껴가지 않고 평생을 가난하게 살았던 사람이 어떤 기회를 통해 억만장자가 되기도 하는 것이다. 그리고 그 사실을 자주 잊어버린다. 후천적으로 주어진 조건들에 파묻혀서 사실 우리는 다 똑같은 사람들이라는 걸 잊은 채로 과하게 꾸며서 말하거나, 편하게 말할 수 있는 시간들을 점점 잃어가기만 한다.

그럴수록 질문을 던지는 쪽에서 거침없이 궁금한 것을 물어보고 그 사람의 눈동자 깊은 곳을 있는 그대로 바라봐줘야 했다. 그래야만 비로소 제대로 된 대화가 가능해지고 그때 그 사람도 마음을 열곤 했다. 그리고 아마 내가 그러지 않았다면, 나와 대화를 나눈 사람 중 몇몇도 나를 그렇고 그런 뻔한 사람, 뭔가 속으로 원하는 바가 따로 있는 사람, 배려라는 이름으로 지나치게 친절하게 대하는 사람으로 생각하고 속 깊은 이야기를 털어놓지 못했을지도 모른다.

상대방에게 아무 편견도 없는 제로의 상태, 동등한 눈높이에서 질문을 던지기 시작하면, 조금씩 있었을지 모를 서로를 향한 선입견은 어느새 와르르 무너지고, 두 사람은 자신도 모르게 굳이 말하지도 않아도 될 것들까지 다 털어놓고 신이 나서 대화를 즐기게 된다. 나와 대화를 나눈 사람들이 '지금껏 이런 것들을 물어봐 주는 사람이 없었어요'라는 말씀을 자주 건네오시는 것도 진실한 대화에서 오는 기쁨을 제대로 맛보았기 때문일 것이다.

영양가 있는 대화와 관계 형성을 위해서, 그리고 소중한 사람, 가까운 사람의 행복을 위해서, 우리는 인터뷰가 직업이 아닌 사람일지라도 때로는 사람 대 사람으로서의 질문을 던질 줄 알아야 한다. 상대방이 신이 나서 떠들 환경을 만들어주는 것도 사랑과 관심 표현의 탁월한 방법이 될 수 있다고 믿는다.

오늘은 가까운 사람에게 차 한잔, 그게 멋쩍다면 술이나 한잔하자고 연락해보면 어떨까. 그래도 오래 함께하면서 물어보고 싶은 게 많았는데 하루만 놀아 달라며 살갑게 굴어보는 것도 좋겠다. 분명 그 사람도 좋아할 테니까.

호감을 산다는 것

"형, 저는 형이 누구를 만나도 쉽게 호감을 얻고 대화를 해나가는 게 부러워요."

며칠 전에 한 후배가 해온 말이다. 이 후배뿐만 아니라 다른 많은 사람도 비슷한 질문을 해오곤 했다. 일이나 인간관계에 있어서 상대방에게 좋은 이미지를 심어주고 싶은데, 그게 잘 안되는 것은 물론이고 아예 방법조차 알지 못한다는 말이었다. 물론 나라고 모든 인간관계와 화술을 통달한 것은 아니지만, 그래도 지금껏 인터뷰 채널을 운영해오며 터득한 요령 아닌 요령들을 이 기회를 통해 한번 이야기해볼까 한다.

가장 먼저는 '무조건 말을 많이 하게 만들어라'라는 말부터 해주고 싶다. 누가 됐든 말을 많이 한 사람은 홀가분한 마음으로 기분 좋게 집으로 향한다. 그러면 자연스레 오늘 만난 사람에 대한 인상 역시 좋게 남을 것이다. 정말 심플한 진리이지만, 이를 모르는 사람, 알면서도 제대로 실천하지 않는 사람이 정말 많다. 상대방에게 호감을 주려면, 계속 질문하고 호응해주고, 말을 많이 하게 만들어야 한다. 이것은 사업적인 이야기를 할 때와 친구 또는 연인 관계에도 모두 적용할 수 있는 방법이다. 내 앞에 있는 사람이 생각하고 있는 걸 말하게 만든다. 딱딱한 설명에서 멈추는 것이 아니고, 그 사람이 만족해할 만하고 관심 있는 것들을 많이 말할 기회만 만들어주면, 그 사람은 자연스레 나를 또 보고 싶어 한다. 나아가 반성까지 하는 사람도 있다. '너무 나만 떠들었나?'라는 생각에, 무엇이든 보답하고 사과하기 위해 다시 만나기를 원하는 것이다.

다음으로는 '인정하라'라는 말을 하고 싶다. 내가 여러모로 꿀린다고 생각하는 것들을 모조리 드러내고 시작하는 것이다. 있는 척, 아는 척을 잘하는 사람도 아닐뿐더러, 그런 척들은 언젠가 반드시 드러나기 마련이기에, 늘 시원하게 나의 부족함을 공개하고 대화를 시작하곤 한다. 나는 당신을 잘 모르며, 당신이 하는 일과 관련된 지식도 없다, 심지어 가진 것도 많지 않으니 당신이 좀 알려달라는 스탠스를 취하면, 상대방은 내게 한층 친절한 표정을 보여주곤 한다. 나의 부족하고도 약한 부분을 보여준다고 해서 '이것도 모른다고?'와 같은 생각을 하며 나를 무시하는 사람은 없다. 있다고 하더라도 애초에 그런 사람과 건강한 대화와 관계를 형성해 나갈 수는 없을 테니, 그 시점부터 대화가 끝나버린다고 해서 내가 손해를 보는 일은 아닐 것이다.

마지막으로는 '닮아가기'를 이야기하고 싶다. 어떤 사람을 만나 어떤 대화를 하든, 상대방이 자주 쓰는 단어나 접

속사, 추임새를 알게 모르게 같이 써주는 것이다. 내가 그 사람의 말버릇을 은근하게 따라 한다고 해서 상대방은 그것을 잘 캐치해내지 못한다. 다만 이 사람은 나와 비슷한 사람이라고 생각할 뿐이다. 여기에 비밀이 숨어 있다. 상대방과 비슷한 말과 단어를 쓰고 상대방의 말투를 따라 하기 시작하면, 누굴 만나도 상대방으로 하여금 '비슷한 사람을 만났다'라는 느낌을 줄 수 있는 것이다. 사람은 생각이 비슷한 사람을 만났다고 판단될 때 본능적으로 그에게 매력을 느낄 수밖에는 없다.

이 세 가지 방법은 각자 다른 이야기들을 하고 있지만, 어쩌면 하나의 기둥을 공유하고 있을지도 모른다. 바로 내가 나서서 나의 매력과 장점을 어필하는 것이 아니라, 나를 판단할 권한을 상대방에게 건네줌으로써 스스로 나를 좋아하게 만들어야 한다는 것이다. 앞에 있는 사람에게 잘 보이고 싶을수록 나라는 사람을 드러내지 않는 것이 중요하다. 내가 어떤 사람인지를 피력할 필요가 전혀 없다. 어차피 상대방은 자신이 느낀 것만 집으로 가져가기 때문이다. 그러니 어쩌면, 매력 있는 사람, 호감형인 사람이라는 말은, 잘 들어주는 사람, 좋은 질문을 건네오는 사람이라는 말과 똑같은 뜻으로 통할 것이다.

나만의 충전소

'아, 나는 아직 멀었다.'

오늘따라 일이 잘 풀리지 않고 스트레스만 받을 때마다, 그리고 그게 나도 모르는 사이에 표정이나 말투에 실려 주변 사람들에게 상처를 줄 때마다 속으로 하는 말이다. 언제나 여유롭고 다정한 사람, 깔끔한 인상을 주는 사람으로 남고 싶어 공부하고 노력하는데, 왜 안 되는 걸까. 그런 날에는 나도 사람인지라 어쩔 수 없이 화를 내고 얼굴을 붉히

게 된다. 한 번 좌절하고 무기력해진 마음은 도로 올라올 기미를 보이지 않는다. 그럴 때면 술 한 잔도 생각나고 탁 트인 바다도 보고 싶다고 생각하게 되지만, 그것들보다도 먼저 생각나는 것은 몇몇 사람의 얼굴이다.

"형, 어디에요. 시간 괜찮으면 만나요."

"응, 보면 좋지. 곧 만나자."

기분이 좋지 않을 때마다 까레형(까레라이스TV)에게 전화를 건다. 형을 만나면 금방 기분이 좋아진다. 내가 생각지 못한 여러 마음가짐이나 태도들을 너무도 쉽게 던져주는 사람이기 때문이다. 보통의 형과의 대화는 이런 식으로 진행된다. 먼저는 내가 지금의 상황에 대해서 털어놓는다. 그는 가만히 내 말을 듣고는 일단 공감부터 해준다. 화날 만하네, 네가 화날 정도면 정말 큰 일이긴 했었나 보네, 그런 말들로 먼저 나부터 토닥여주는 것이다. 그 뒤에 그가 해줄 수 있는 최선의 대답을 해준다. 그건 이렇게 생각하면 좋아, 이렇게 대답해보면 마음이 조금 더 편할 거야, 다음부턴 그런 일 있으면 나한테 전화해. 실질적이든 그렇지 못하든, 전적으로 내 편에 서서 함께 공감하고 고민해주는 것이다. 그런 사람 앞에서 어떻게 기분이 안 좋을 수가 있을까. 나는 금세 기력을 되찾고 미소를 띠게 된다. 그리고 그건 아마 내가 믿고 존경하는 사람이 해주는 말이기에 더 그런 것일지도 모른다.

형은 그렇게 아무리 열심히 운동하고 술을 마셔도 떨쳐내지 못했던 부정적인 감정들을 마법처럼 날려버릴 수 있게 해준다. 그래서 힘들 때마다 그를 찾는다. 어떻게 보면 나만의 감정 소비처, 기력 충전소를 찾는 셈이다.

아마 누구에게나 그런 사람 하나쯤은 있을 것이다. 전적으로 내 입장에 서서 공감해주고, 가장 먼저 나를 토닥여주고, 마음 안팎으로 도움이 되는 말들을 해주는 사람. 누군가에겐 여자친구나 남자친구가 될 수도 있을 것이고 존경하는 스승님이 될 수도 있을 것이다.

힘들면 가장 먼저 생각나는 사람, 술 마시면 생각나는 사람, 그런 사람들을 만나 마음을 충전하는 일을 게을리하지 말자. 가끔 가장 편한 사람을 만나 가장 편한 마음 상태를 맞는 일은 생각보다도 훨씬 중요한 일이다. 아무리 단단한 부속품들로 만들어진 자동차도 며칠 밤을 쉬지 않고 꼬박 달릴 수는 없는 것처럼 말이다.

만나고, 털어놓고, 위로받자. 늘 고맙다고, 덕분에 오늘도 살았다고 말해주자. 그렇게 언제까지나 함께 가자. 그렇게 애초에 사람은 절대 혼자서 살아가지 못한다는 것을 이제는 인정하고 받아들이자. 사람은 사람으로 산다.

죽는다는 것

지금은 여러 사람을 인터뷰하려고 하지만 유튜브를 시작한 지 얼마 안 됐을 땐 직업 인터뷰에 집중했었다. 특수청소부 일을 하는 한 사람도 그렇게 만나게 됐다. 대구에서 고독사, 자살, 범죄 현장, 유품 정리와 관련된 특수청소 업체를 운영하고 있었다. 어떻게 하다가 특수청소라는 일을 시작하게 됐는지, 어떤 게 힘들고 어떤 현장이 제일 참혹했는지 등 여러 이야기를 나누는 시간을 가졌다. 그분은 매일 누군가의 유서, 유품, 혈흔을 보기 때문에 일을 시작하자마자 동시에 삶과 죽음에 관한 생각이 많아졌다고 했다. 인터뷰가 끝나고 그분이 느낀 게 어떤 건지 나도 느껴보고 싶어서 구글에다가 관련된 것들을 검색해봤다.

여러 사진과 여러 글을 읽으면서 놀랐던 건 내가 생각한 것보다 스스로 충격적으로 받아들이지 않았다는 것이다. 오히려 곧 내게 다가올 수도 있는 내 모습 같다는 생각이 더 강하게 들었다. 신기한 일이었다. 예전에는 죽음 하면 두려움이 더 컸었다. 만약 오늘이 내 삶의 마지막이라면 누구한테 전화를 하고 어떻게 하면 멋있게 죽을 수 있을지를 고민하고는 했었다. 이전에 장례지도사를 인터뷰한 적도 있었는데 죽음과 가까이서 일하는 사람을 몇 번 보고 나니까 오히려 생각이 바뀌고 있었다.

특수 청소를 하는 분의 이야기를 들어보면 확실히 고독사에 대한 작업 문의 건수가 예전에 비해서 굉장히 많이 늘었다고 한다. 심지어 예전에는 1인 가구가 60대 이상부터 많이 있었는데 지금은 30대에서 50대, 중장년층까지도 많이 내려온 상태다. 혼자 사는 사람이, 그리고 혼자 생을 마감하는 사람이 점점 더 늘어나고 있다는 말이기도 하다. 죽는다는 건 무엇일까. 한 사람의 영혼이 이 세상에서 다른 세상으로 가는 것일까. 아니면 정말 생물학적으로 심장이 뛰지 않는 일일까. 죽음에 관한 개인의 생각은 다 다를 것이다. 하지만 죽음과 가까이서 일하는 사람들을 인터뷰하고 그분들의 기분을 느껴보기 위해 여러 자료를 찾아보면서 느낀 건 죽음은 멀리 있는 게 아니라 가까이 있다는 것이었다.

진부한 표현일 수는 있겠으나 정말 사람은 언제 어디서 어떻게 죽을지 아무도 알 수 없다. 죽음은 깊이 있고 멀리 있는 게 아니라 오히려 가까이에 얕게 있다는 생각이 든다. 자다가도 죽을 수도 있고 집에 가다가 죽을 수도 있는 게 삶이니까. 많은 사람이 그렇겠지만 죽음이 가까이에 있다고 생각하면 오늘을 좀 더 열심히 살아야겠다고 생각하게 된다. 당장 어떻게 될지 모르니 엄마가 어딜 간다고 하면 굳이 데려다주고 사랑하는 사람에게 조금 더 다정하게 말하게 되고 후회 없는 하루를 만들려고 노력하게 된다.

여기서 신기했던 것은 죽음이 가까이 있다는 느낌이 들고 난 뒤로는 오히려 새로운 것을 시도하려고 하는 게 아니라 후회 안 할 일을 하게 된다는 것이다. 새로운 일을 시작하고 새로운 사람을 사귀고 새로운 곳으로 가는 것이 아니라 하던 일을 잘 마무리하고 내 옆에 늘 있던 사람에게 다정하고 늘 있던 곳에서 후회 없게 행동하고 싶어진다. 나는 내가 언제 죽을지 절대 알 수 없을 것이다. 하지만 오늘이 내 삶의 마지막이라면 새로운 것을 시도하는 게 아니라 주변을 잘 챙기려고 최선을 다할 것이다. 그렇다는 건 삶에 있어서 정말 중요한 것은 새로운 어떤 것이 아니라 늘 내 주변에 있었던 것이 제일 중요하다는 뜻이 되기도 한다. 후회 없는 삶을 살기 위해서 오늘도 내 주변에 있는 가족, 친구, 연인에게 최선을 다하기로 한다.

죽을 만큼 힘들다는 것

새벽에 지인으로부터 전화가 온 적이 있었다. 우리가 모두 알고 있는 한 사람이 어느 날 갑자기 세상을 떠난 적이 있었다. 그는 그의 장례식장에서도 유독 힘들어했었는데 그 마음이 걷잡을 수 없이 커져서 한강 다리 위에서 이제 자기는 죽을 거라면서 나한테 전화를 한 것이다. 그날 나는 다리 위에서 삶을 마감하겠다는 지인과 전화 통화를 4시간이나 했다.

예전에는 죽고 싶어 하거나 죽을 만큼 힘든 시간을 보내는 사람을 볼 때 죽으면 안 되는 이유에 관해서 이야기하고는 했다. 부모님 생각해야지, 남은 사람들 생각해야지, 그동안 해온 게 아깝지 않냐, 앞으로 살날이 살아온 날보다 많지 않으냐는 식의 이야기들이었다. 분명 나뿐만 아니라 많은 사람이 그럴 것이다. 하지만 과연 그게 옳은 말일까에 대한 고민이 드는 건 어쩔 수 없는 일이다.

죽고 싶다고 말하는 걸 꺼리는 이유 중에 가장 큰 부분을 차지하는 건 그런 말을 하면 비난받을 거라고 생각하는 경우가 많기 때문이다. 내가 생각하기에 그런 사람들한테 해줄 수 있는 말 중에서 제일 먼저 해야 하는 건 그게 비난받을 일이 아니라고 말해주는 것이었다. 사람마다 힘듦을 견딜 수 있는 정도도 다 다르고 누군가의 입장에서 스스로 삶을 마감하는 게 정말 안 좋다고 생각할지도 모르지만 우린 그 사람의 삶을 살아보지 않았으니 함부로 판단할 수도 없다. 또 때로는 누군가가 말하는 죽고 싶다는 말이 정말 죽고 싶다는 게 아니라 그만큼 힘들고 어쩌면 행복하게 잘 살고 싶다는 말이 될 수도 있으니 말이다.

그날 전화를 할 때도 내가 먼저 했던 말은 이런 말이었다. 만약 내가 당신이었어도 죽고 싶다는 생각이 들었을 거라고. 후회도 들고 미안하기도 하고 힘들어서 정말 죽고 싶을 거 같은데 그래도 우리 죽더라도 먼저 떠나간 사람 명복은 빌어주고 죽자는 이야기를 했었다.

내가 당신이었어도 못 버틸 만큼 힘들었을 거라고. 아니 만약 내가 당신이었다면 오히려 더 빨리 죽고 싶다는 생각이 들었을 거라고. 이렇게 말을 하고 나서 간신히 그 사람의 마음을 되돌릴 수 있었다. 그리고 시간이 한참 지나고 나서 마음이 많이 괜찮아졌을 때 그가 나에게 그런 말을 했었다. 어떤 터널을 통과하고 나니까 그때 내가 죽고 싶다고 생각한 게 틀리지 않았다고 말해주는 그 말이 너무 힘이 됐다는 이야기였다.

죽을 만큼 힘든 시간을 보내고 있는 사람의 앞에는 낡은 문이 있다고 생각한다. 나무로 만들어서 쉽게 부서지는 문

말이다. 하지만 어떤 문은, 삶의 많은 고난을 막아줄 수 있을 만큼, 쇠로 만든 것처럼 단단하기도 할 것이다. 쉽게 부서질 것 같은 문 뒤에서 힘들어하는 사람에게 이리와, 그 문 앞에 있지 말고 여기 단단한 문 뒤에 서 있으라면서 그 사람을 데리고 오는 일은 여기서부터 시작할지 모른다. 당신이 살아야 하는 이유를 설명해주는 것이 아니라 지금까지 당신이 버텨온 그 시간이 대견하다고 말해주는 일. 그 사람의 힘듦을 이해하고 선택을 존중하는 것. 거기서부터 시작할지도 모른다.

나를 드러낸다는 것

가끔 내 유튜브 채널에 들어가 댓글들을 모니터링한다. 그러다 보면 신기한 기분이 들 때가 있다. 영상을 촬영할 땐 분명 나와 그 사람이 그저 즐기면서, 서로가 서로에게 말하고 듣는 일에 신이 나서 떠들기만 했던 것 같은데, 그를 시청한 사람들은 이게 좋았다며, 이건 정말 배울 만한 점이라며 의미 있거나 좋게 다가오는 포인트들을 짚어주시고 있는 것이다. 그럴 때면 어떤 의미 있는 정보나 가르침을 제공하기라도 한 것처럼 우쭐거리는 마음이 되기도 한다. 그런 것들을 알아봐 주길 의도하며 만든 영상이 아니었는데 말이다.

얼마 전에는 나를 궁금해하는 사람들을 만나 그들과 진솔한 대화를 나눴다. 궁금해하는 일과 대화를 이끌어가는 일은 늘 내가 하는 일이었는데, 반대 입장이 되어 대화를 하니 어딘지 모르게 안 입어본 옷을 입은 것처럼 기분이 새로웠다. 듣는 사람이 된 계기, 듣는 사람으로서 겪은 고충과 뿌듯했던 경험과 같은 것들을 물어오셨고, 나는 솔직하게, 그리고 아는 만큼 정성스레 답변을 해드렸다. 내 답변을 듣는 내내 그들의 눈빛이 반짝거렸다. 듣고 싶었던 얘기였기에 그랬던 것일 수도 있고 전혀 새로운 것을 알게 되어서 그랬던 것일 수도 있었겠다. 이유야 어쨌건 좋아요, 좋아요라는 말을 연이어 듣는 일은 참 기쁜 일이었다. 뭐가 됐든 좋은 영향을 끼치고 있다는 뜻이었으니까.

"지금껏 다른 사람의 이야기를 들어오시기만 했는데, 본인의 이야기를 많이 해보니까 기분이 어떠세요?"

대화가 마무리되어갈 무렵, 그들이 이렇게 물어왔다. 나는, 조금은 거만하게 들릴 수도 있었겠지만, 이렇게 대답했다. 내가 말할 수 있는 가장 솔직한 대답이었다.

“저처럼 아무것도 없는 사람도 선한 영향을 끼칠 수 있다는 가능성을, 아주 조금 봤어요.”

그날은 집으로 돌아가는 발걸음이 가벼웠다. 늘 그랬다. 기분 좋은 만남과 대화가 있었던 날에는 기분이 좋았다. 더군다나 오늘의 이 기분 좋음은, 내가 대화의 주인공이었다는 데에서 오는 기쁨이었기에 더 각별했다. 어쩌면 나와 인터뷰를 진행했던 인터뷰이들도 이와 같은 마음이었겠구나, 참 기쁘기도 했겠구나, 그런 생각이 들어 기분이 더 좋아졌다.

아닌 게 아니라 유튜브 채널에 출연한 게스트분들은, 촬영을 마치고 모두 내게 이런 말씀들을 건네오셨었다. 아무도 나를 안 궁금해했고 아무도 내게 안 물어봐 줬었는데,

이런 이야기들을 할 수 있어서 너무 좋았다는 말. 고맙다는 말들 말이다.

누구에게나 나름의 경험적인 데이터가 있다. 어떤 것은 타인에게도 정말 귀중한 도움이 될 수도 있을 것이고 다른 어떤 것은 그냥저냥 들어 넘겨도 별문제 없는 것도 있을 것이다. 그리고 그건 그 누구도 말하기 전까지는 알 수도 없고 판단할 수도 없는 일이다. 그런 의미에서 한 번쯤 자기 삶을 주변에 노출해보는 일은 충분히 해볼 만한 일이라고 말하고 싶다. 내가 뭘 갖고 있고 뭘 싫어하는지, 내가 깨달은 것은 무엇이고 반드시 지키는 태도는 무엇인지를 아주 솔직하게 설파해보는 것이다. 그 이야기를 듣고 고개를 젓는 사람도, 나를 안 좋게 보는 사람도 있을지언정, 반드시 누군가는 그걸 좋게 봐주기도 할 것이다. 나아가서는 이런 것들을 알려줘서 고맙다는 말을 건네올지도 모른다. 마치 내 유튜브 영상에서 게스트는 그저 자기 이야기를 할 뿐인데 사람들이 그곳에서 좋은 포인트들을 찾아내 줬던 것처럼 말이다.

누군가에게 내 존재가, 내가 하는 말이 도움이 될 거라고 생각하면, 그렇게도 팍팍했던 삶도 갑자기 살맛이 나기 시작한다. 지금까지 살았던 것보다도 더 열심히 살아야겠다는 마음이 생기기 시작한다. 신나서 말하는 사람과 그를 편견 없이 들어주는 사람이 있는 좋은 대화는 그런 식으로 사람을 살게 한다. 나는 오늘도 좋은 대화를 하러 나갈 것이다.

3 장

아픔을 공유할 용기

선택을 존중해준다는 것

FTM 트렌스젠더, 짱그래 씨의 인터뷰가 있는 날이었다. FTM 트렌스젠더란 Female To Male의 약자로 여자에서 남자로 성전환을 한 사람을 뜻한다. 유튜브나 주변을 봐도 남자에서 여자가 된 사람은 봤어도 여자에서 남자로 성전환을 한 사람은 많이 보지 못했기 때문에 다양한 이야기를 담을 수 있을 거라고 생각했다. 약속 장소에서 인터뷰이를 만나자마자 놀라지 않을 수가 없었다. 보통 성전환 수술을 한 사람을 보면 조금은 티가 나기 마련인데 외모도 목소리도 정말 남자 같은 것이다.

남자로 살고 싶다는 생각이 든 건 27살이었다고 말했다. 평소 자신이 원하는 것들을 조합해보며 남자가 되고 싶다는 생각은 하고 살았지만, 남자가 될 수 있을 거라고는 생각하지 않고 살았다고 했다. 참고 참다가 남자가 되겠다고 결심을 한 게 27살이었다. 보통 트렌스젠더처럼 어린 시절을 되돌아보면 평범한 여자애들은 하지 않았을 행동을 서슴없이 하고는 했다. 머리를 묶어주거나 치마를 입히려고 하면 울면서 도망 다녔다. 짱그래 씨는 초등학교 들어가서부터 치마를 입은 적이 거의 없다고 했다. 그렇게 자신이 남들과 조금 다르다는 생각으로 지내다가 중학교에 들어가면서부터 생각이 더 깊어지기 시작했다. 이차성징 때문이었다. 가슴이 나오고 점점 더 여자의 몸으로 변하는 자신이 혐오스러울 정도로 싫었다고 한다. 반대로 같이 커가는 남자들을 보면 털이 많아지고 근육이 잘 붙고 목소리가 굵어지는 게 부러웠다고 했다.

정신과 진단을 받고 호르몬 치료를 받고 자궁 적출 수술까지 받으면 성기 수술을 하지 않더라도 호적 정정이 가능하다. 남자로 살겠다는 생각 하나에 그 많은 과정을 다 거친 것이다. 심지어 법원에 신청서를 낼 때 필요한 것 중에 전신사진이 있단다. 자신의 전신사진을 법원에 보내고 내가 남자로 잘 살 수 있을 거라는 지인의 보증까지도 제출해야 한다고 했다. 유튜브나 주변에서 FTM을 쉽게 보지 못했던 이유에 대해서도 들을 수 있었다. 보통 남자에서 여자가 된 사람들은 외모나 목소리에서 티가 나기 때문에 알아차리는 경우가 많다. 하지만 FTM은 일상적인 일이 다 가능하다. 스스로 트렌스젠더라고 말하지 않아도 되기 때문에 굳이 그 이야기를 꺼내서 주변의 시선이나, 불편함을 겪고 싶지 않아 하는 경우가 많다. 그래서 조금 더 생소한 것이다. 평범하게 살고 싶어 하는 사람이 많기 때문에 더 찾아보기가 쉽지 않다고 했다.

짱그래 씨가 자궁적출 수술을 받고 응급실에 간 적이 있었다. 호르몬 치료를 받은 지 좀 됐을 때라 목소리도 그렇고 외형적인 것도 그렇고 누가 봐도 남자였는데 주민등록 번호는 여자였다. 응급실이 있을 만큼 큰 병원이었는데 의사 선생님과 그 옆에 있는 사람들이 모두 자기 자신을 벌레 쳐다보듯 쳐다봤다고 한다. 그게 너무 충격적이어서 진짜 죽을 거 같지 않으면 어지간해서는 병원에 잘 가지 않는다고 했다. 또 누군가를 좋아하는 마음이 생겨서 연애를 시작하려고 할 때 항상 자신이 트렌스젠더라는 걸 밝혀야 한다는 생각에 마음을 주고받는 것도 쉽지 않다고 했다. 뿐만 아니라 주변의 시선부터 인간의 가장 기본적인 욕구인 성욕까지 신경 써야 하고 해결해야 하는 부분이 한둘이 아니었다.

그날 인터뷰는 성 정체성으로 혼란을 느끼는 사람에게 자기 자신이 제일 잘 알고 있다며 너무 오랜 시간 힘들어하지 않았으면 좋겠다는 이야기로 끝났다. 담담하고 솔직하게 이야기해주신 덕분에 인터뷰 영상에는 담을 수 없을 만큼 깊은 이야기를 나눌 수 있는 하루였지만 동시에 그런 생각도 들었다. 이렇게 담담하게 이야기하기까지 얼마나 많은 일이 있었을까. 감히 내가 상상도 할 수 없는 시간을 잘 건너온 것만 같아서 존경심까지 느껴졌다. 인터넷상이든 인터넷 밖 현실이든 사람들은 말을 함부로 할 때가 있다. 심지어 들을 준비조차 안 된 사람도 태반이다. 만약 내 성별이 이런데 이런 걸 좋아해서 걱정된다고 말하면 뭘 그런 거 가지고 고민하냐고 말하는 사람도 수두룩하다. 짱그래 씨가 살아오면서 만났던 많은 사람처럼 트렌스젠더라는 이유만으로 부정적인 시선으로 함부로 말하고 행동한 사람도 많을 것이다.

과연, 누가 누군가에게 함부로 말할 수 있는 권리가 있을까.

자신이 그 사람의 삶을 살아보지 않은 이상 함부로 말해서는 안 된다. 아니, 겪어봤다고 해도 함부로 말해서는 안 될 것이다. 여자로 태어났지만 남자로 살고 싶다는 내용의 편지를 적어서 부모님께 보내보지 않은 한, 상상도 안 되는 치료와 수술, 말도 안 되는 시선을 견디고 불편함을 감수할 만큼 자신의 성별을 바꾸고 싶은 사람의 마음을 우린 알 수 없다. 그런 사람에게 할 수 있는 최대한의 예의는 아무런 편견 없이 바라보는 게 아닐까. 그리고 자기 생각이 맞다며 함부로 말하지 않는 게 아닐까. 사회적인 도덕과 누군가에게 피해를 주지 않는 선에서 한 모든 선택은 존중받아야 한다.

보는 것에도 연습이 필요하다

'소울 리스너'라는 이름으로 상담 일을 하고 있다. 감사하게도 내담을 희망하는 분이 적지 않게 계신다. 평소에는 유튜브 콘텐츠를 만들고, 내담 일정이 있는 날에는 그들을 만나 그들의 고민을 전해 듣고, 내 나름의 솔루션을 제공하는 나날을 보내고 있다. 그때마다 내담자를 만나기 전에 꼭 하는 일이 있다. 바로 심호흡을 하며 다짐하는 것이다. 다짐의 내용은 하나다.

'절대 눈치 보지 말아야지.'

사람이 사람을 만나면, 무의식적으로 상대방의 눈빛과 행동, 표정 같은 것들을 다 살펴보게 된다. 나는 처음부터 그러한 정보들을 최대한 받아들이지 않으려고 애쓴다. 그것들을 필요 이상으로 많이 받아들이게 되면, 대화가 시작되기 전부터 서로는 서로를 평가하게 되고, 나름의 편견을 갖게 되기 때문이다. '이 사람은 분명 가난하겠지?', '분명 덜 배운 사람이겠지?', '이 사람, 분명 나를 불쌍한 사람이라고 생각하겠지?'라는 편견은, 아무리 좋은 대화를 하려 노력해도 그 대화를 한순간에 망쳐버리곤 한다. 그래서 눈치 보지 않으려 노력한다. 내가 눈치를 보지 않아야 상대도 나를 평가하지 않을 테니까.

내가 누구를 만나든 그를 가족 대하듯 하는 것도 똑같은 이유에서였다. 가족을 만나든, 친구 또는 애인을 만나든, 똑같은 사람으로 보여야 한다는 생각을 맨날 했기 때문이다. 내 어머니에게 보여주는 모습이 가장 나답다는 생각을 했다. 그래서 가족과 대화하는 것으로 말하는 연습을 시작했다. 쉽지 않았다. 귀찮더라도 잘 대하려고 노력하고, 그리 궁금하지 않더라도 왜 그런 거냐며, 어떻게 하는 거냐며 한 번 더 물어보았다.

그러다 보니 집을 나가서 어떤 상황에 부닥쳐도 그곳에 있는 사람을 편견 없이 볼 수 있게 됐다. 혹여 당황스러운 말을 듣게 되더라도 똑같은 표정을 지을 수 있었다.

상대방이 어떤 감정을 느끼고 있고 내게 어떤 태도를 품고 있는지를 판단하는 기준 중 하나가 바로 제스처라고 한다. 그것 역시 보지 않으려 애쓴다. 손동작과 몸짓 같은 것보단, 그저 말하는 사람의 눈만을 주시하는 것이다. 물론 처음에는 어색할 수밖에 없다. 하지만 그게 점점 익숙해지면, 그 사람이 취하는 제스처나 대화에 임하는 태도, 가지고 있는 지위 같은 것들이 안 보이기 시작한다. 그러다 보면 그를 편견 없이 바라볼 수 있게 되고, 편견이 조금도 섞이지 않은 깨끗한 질문을 건넬 수도 있게 된다.

인터뷰를 하다 보면 처음 만나는 사이임에도 서로 다리를 꼬거나 팔짱을 끼고 대화를 하는 우리를 발견하곤 한다. 나는 그때마다 희열을 느낀다. 그건 두 사람 모두가 무의식적으로 편한 자세를 취할 정도로 대화가 잘 되어가고 있다는 뜻이니까.

어쩌면 상대방을 편견 없이 제대로 본다는 건, 어떤 것을 아예 보지 않거나 보지 않으려고 노력해야만 가능한 일일지도 모른다는 생각을 간혹 한다. 보려 하지 않음으로써 잘 보게 될 수 있다니. 참 아이러니하면서도 재밌는 일이다.

꿈에서 깨어나자

아무리 비혼을 선언하는 사람의 수는 늘어나고 성인이라면 가정을 꾸려야만 한다고 생각하는 사람의 비율은 줄어들었다고 해도, 결혼이라는 것은 여전히 남녀노소를 가리지 않고 모두에게 가장 뜨거운 이슈 중 하나다. 물론 내 주변에도 해가 바뀔 때마다 앓는 소리를 내는 사람이 한둘이 아니다. 나 이제는 진짜 노총각 된 거 같은데, 나는 이미 노처녀인데, 결혼할 수 있을까? 그렇게 발을 동동 구르는 사람들도 있고, 아직 결혼이 급한 나이는 아닐지라도 솔로로 지내는 기간이 길어지고 있어, 나도 결혼을 못 하게 되는 건 아닐까 지레 겁을 먹는 동생들도 많다.

하지만 '정말 결혼과 연애가 그렇게나 중요한 걸까? 그렇다면 결혼이, 그리고 연애가 어려운 이유는 과연 무엇일까? 이 사람은 사랑의 어느 부분을 그렇게나 어려워하는 걸까?' 하고 호기심을 갖고 들여다보면, 누가 봐도 사랑으로 발전할 만한 가능성이 넘쳐나는 사람이 대다수였다. 호감을 갖고 주변을 맴도는 사람, 마치 드라마나 영화처럼 사랑이 샘솟기에 충분한 상황과 시절들이 아예 없기는커녕 너무나도 자주 그리고 많이 있었다.

"그건 들어보니까 되게 좋은 기회였던 것 같은데요? 왜 안 만나셨어요?"

남의 연애사에 크게 관여하려고 하는 편은 아니지만, 그래도 답답할 때가 있어 참다 참다 그런 말을 꺼낼 때도 있었다. 하지만 그때마다 그들로부터 돌아오는 대답들은 전부가 빼다 박은 듯이 닮아 있었다. 상대방은 너무 우리 관계를 가볍게 생각하는 것 같아서요. 저는 신중하게 말하고 행동하려고 하는데 그 사람은 너무 솔직하게 있는 그대로를 다 보여줘서요. 그 사람과 내 마음의 크기나 무게가 너무 다른 것 같아서요….

그러니까 한마디로 정리해보자면, 사랑에 있어서 너무 신중한 게 문제였던 것이다. 한때 크게 상처를 받은 적이 있어서, 성향 자체가 그래서, 계산적으로 생각하게 됐거나 이왕 연애를 해야만 한다면 잘하고 싶어서 등, 신중하게 생각하는 이유는 다양했지만 말이다.

이 글을 읽는 당신 역시 사랑 앞에서 필요 이상으로 신중한 사람이라면, 그리고 사랑이 잘 되지 않아서 고민하고 있다면, 꼭 해주고 싶은 말이 있다. 바로 당신의 신중함과 상대의 신중함은 다르다는 것이다.

사랑은 혼자가 아닌 둘이서 하는 일이다. 그러므로 내

가 생각하고 바라는 그대로 상대방이 생각하고 행동할 거라고 생각하는 것은 너무 소설 같은 이야기이다. 처음부터 내 마음과 크기와 무게가 똑같은 마음을 지닌 사람을 만날 확률도 아마 복권에 당첨될 확률보다 희박할 것이다. 아마 그들의 사랑이 좀처럼 시작되지 않는 이유는, 바로 이 때문일 것이다.

이제는 인정하고 넘어가야 한다. 내가 지금 이 만남을 신중하게 여기고 있다고 해서 상대방도 신중하게 생각하고 있지는 않을 수도 있다는 사실, 반대로 내가 이 관계를 가볍게 생각하고 있다고 해서 상대도 가벼운 만남을 원하고 있지는 않을 수도 있다는 사실 앞에서 고개를 끄덕여야 할 시간이다. 사람은 누구나 처음 만나는 사람 앞에서 자신이 지닌 가장 좋은 모습을 보여주려고 하니, 내가 신중하다고 해서 좋은 사람을 만날 확률이 올라가는 것은 아니라고 생각하는 것이 좋다. 당신의 신중함과 연애의 완성은 다른 문제다.

지금 내 눈앞에 있는 사람이 사랑하는 일 앞에서 과감한 사람인 것 같든 아니든 간에, 당신이 주야장천 벽만 쌓아두고만 있다면 관계는 절대 시작되지 않는다. 어쩌면 다가왔던 사람마저도 떠나가고 말 것이다.

동화 같은 꿈에서 깨어나고 고개를 끄덕여보자. 문을 열어놓고 그곳으로 들어오는 사람을 환대해보자. 어쩌면 그 사람이 먼 미래까지 함께할 사람일지도 모르니까.

혼자 말하는 사람들

기억에 남는 내담자가 한 분 있다. 사람들 앞에서 말을 꺼내기가 두렵다며 나를 찾아오신 분이었다. 물론 처음부터 대화가 두려웠던 건 아니었다고 했다. 모임을 갖는 것도 사람들과 웃으며 마주 보는 것도 좋아했던 것 같은데, 언젠가부터 그게 어려워졌다고 했다.

조금 전까지만 해도 분명 화기애애하고 편안한 분위기였던 것 같은데, 본인이 무슨 말만 꺼내면 그 분위기가 냉

랭해지거나 어떤 반응도 돌아오지 않는다는 사실을 알아챈 순간부터 서서히 말을 하기가 두려워졌다고 했다. 그 뒤부터 그 좋아하던 모임도 참석하지 않고 사람을 만나는 일도 피하게 되었다고 했다. 아주 오랜만에 다시 모임에 나갔다고 하더라도 돌아오는 건 악순환뿐이었다. 오랜만이어서도 있겠지만, 이번에만큼은 잘 말해야 하고 좋은 반응을 얻어내야 한다는 생각에 긴장한 채로 말하다 보니까 오히려 이상한 말만 튀어나오고, 그럴수록 그다음부터 더 의기소침해지기만 했던 것이다.

생각해보면 평생 그랬던 것 같았다고 했다. 본인은 스스로를 굉장히 재밌는 사람이라고 생각하고 지닌 유머 코드도 되게 좋다고 생각했지만, 그건 가까운 가족이나 친척들 앞에서만 해당하는 일이었고, 친구나 회사 등의 모임에서는 한마디도 못 하니까 사람들이 만만하게 봤던 것이었다. 그러다 보니 점점 내가 잘못됐다고, 내가 이상한 사람이라고 생각하게 된 것이었다.

나는 실제로 그분과 오랫동안 함께하지는 못했다. 정말로 그가 재밌는 사람, 쾌활한 사람인지 역시 제대로 알지 못했지만, 적어도 본인이 본인을 재밌는 사람이라고 생각한다면, 그리고 여전히 잘해보고자 하는 마음이 있다면, '잘해보려는 노력' 역시 반드시 필요하다는 결론을 내렸다. 그리고 그건 내 경험에서 나온 결론이었다.

나 역시도 대화를 조금 더 잘 이끌어가 보고 싶어서, 조금 더 좋은 질문과 리액션을 하게 되기를 원해서 지금도 혼자 말하는 연습을 하곤 한다. 말 그대로 혼잣말을 하는 것이다. '이제 세수해야지.', '물 마셔야지.', '양말 신어야지.', '리모컨에 발이 달렸나? 어디 갔지?'와 같이, 시시콜콜하고도 일상적인 말들을 입으로 하는 연습을 하니 조금 더 입이 가벼워지고 사람들 앞에서도 거침없이 좋은 말, 좋은 질문을 할 수 있게 됐다. 심지어 온종일 집에 혼자 있는 날에는 한마디도 안 할 때가 많았는데, 혼자서라도 떠드는 습관을 들이고 나니 기분도 크게 처지지 않아 멘탈 관리에도 큰 효과를 볼 수 있었다.

그래서 '머릿속에 있는 생각을 입으로 이야기해보시라' 라고 말씀드린 거였다. 생각할 때도 책 읽을 때도 꼭 그래보시라고. 또 언젠가 있을 모임을 떠올리면서, 그때 하기를 원하는 이야기들을 생각하면서 입으로 말해보셨으면 좋겠다고.

복싱이나 이종격투기 등의 투기 종목 선수들이 필수적으로 하는 훈련 중 하나가 바로 '섀도복싱'이다. 상대가 없는 허공에 대고 샌드백 없이 복싱 연습을 하는 것, 혹은 가상으로 상대를 이미지화하여 연습하는 것을 말한다. 실전에서 무의식적으로라도 몸이 반응하고 작동할 수 있도록 '움직이는 연습'을 하는 것이다. 아무리 신체 조건이 좋은 선수더라도, 또 머리가 좋은 선수더라도 이 움직이는 연습을 게을리하는 선수는 승리를 장담하기 어렵다.

언어나 표현에도 섀도복싱은 필요하다. 아무리 머릿속에 기발한 생각과 뛰어난 유머 감각이 깃들어있다고 하더라도 그를 표출하는 연습이 동반되지 않으면 자칫 그 자리를 싸늘하게 만들기 쉽다. 그러니 만약 다른 어딘가에도 사람들 앞에 서서 말하고 모임을 갖는 것을 두려워하는 사람이 있다면, 화를 내는 것, 농담을 하는 것, 그 무엇도 다 좋으니, 일단은 표출해보는 연습을 해보라고 말해주고 싶다. 연습하다 보면 반드시 자연스러워진다. 이제 말하는 근육을 길러낼 시간이다.

헬조선이라는 말

'헬조선'이라는 말이 있다. 너무도 살기 어렵고 돈을 벌거나 성공할 기회도 쉽게 찾아오지 않는 현실이 마치 지옥과도 같다고 해서 생겨난 말이다. 그 말이 들려올 때마다 자주 생각에 잠긴다. 과연 헬조선이 맞을까. 그만큼이나 살기 힘든 시대와 나라에 살고 있는 걸까.

아직 크나큰 부와 명예를 손에 넣은 것도, 성공한 삶을 살고 있는 것도 아니지만, 나는 여전히 우리 모두에게 너무도 많은 기회가 있다고 생각하는 사람이다. 아이디어와 행동력만 있다면 돈도 벌 수 있고 어느 정도의 성과 역시 이룰 수 있는 세상이라는 것을 믿는다.

맨 처음 유튜브를 시작했을 땐 인터뷰이를 섭외하기 위해서 매일매일을 발로 뛰어야만 했다. 아는 것도 가진 것도 하나 없었기에 그래야만 하는 줄 알았다. 무조건 먼저 연락했고 문을 두드렸다. 그 과정에서 어떤 사람들은 '돈을 줄 것도 아닌데 왜 나와 달라고 하나요?'라는 말을 서슴없이 건네오기도 했고 인지도도 이렇다 할 성과도 없었던 나를 필요 이상으로 경계하는 사람도 있었다. 하지만 그때 내가 발로 뛰는 일을 그만두었다면, 역시 내게는 기회도 없고 뭣도 없다며 비관하고 포기해버리고 말았다면, 분명 지금의 나는 없었을 것이다.

영상을 하나씩 쌓아가고 섭외 이메일과 문자를 몇십 번씩 돌리다 보니 조금씩 요령이 생겼다. 어떻게 말해야 호감을 살 수 있고 또 어떤 부분을 보여줘야 신뢰를 얻을 수 있는지를 점차 알게 됐다. 한 명씩 두 명씩, 먼저 인터뷰해 주기를 희망하는 사람들도 생기기 시작했다. 이름만 대면 알 만한 유명한 사람들도 한두 분씩 카메라 앞에 모실 수 있었다. 그러면서 점점 인지도도, 소중한 사람의 생일을 챙겨줄 수 있을 정도의 경제력도 갖춰갈 수 있었다.

물론 내가 겪은 이러한 흐름에 운이 하나도 작용하지 않았다고 하면 거짓말일 것이다. 운이 좋아서 섭외한 사람도 분명 있었을 것이며, 운이 좋게 알고리즘의 축복을 받아 조회수가 높게 나온 영상도 있었을 것이다. 아무 생각 없이 입고 나간 옷이 인터뷰이의 마음에 들었던 적도, 아무 편견 없이 건넨 질문이 듣는 사람의 마음 깊은 곳에 날아가 박힌 적도 더러 있었을지 모른다. 하지만 나는 운이라는 것이 누구에게나 공평하게 찾아오는 것이 아니라고 생각한다. 운이 따르기 위해선 운이 올 곳에 내가 있어야 한다. 고 이건희 회장이 '부자가 되려면 부자 곁에 줄을 서라'는 말을 했던 것도, 내가 헬조선이라는 말을 인정하지 않는 것도 바로 이런 이유에서일 것이다. 아무리 커다랗고 좋은 운이 찾아와도 집에만 틀어박혀 있다면 당연히 그 운을 만날 수도, 손에 넣을 수도 없는 것이다.

너무 쉽게 자기 능력을 한정 짓고 기회가 없다며 고개를 가로젓지 말았으면 좋겠다. 아직 가져본 적 없고 해보지 않은 일들이니 자신이 없고 대단해 보이는 게 당연하다. 어떤 직업이 됐고 집단이 됐든, 그들 틈에 속해 있지 않을 땐 그들이 대단해 보이지만, 정작 들어가 보면 늘 별다를 건 없었다. 오히려 친밀감을 느낀 적도, 은근히 적성이라고 느낀 적도 많았다. 자기 적성을 자기가 판단하면 안 된다. 자신에게 어떤 적성과 취미가 있는지는, 나를 포함한 누구도 모르는 일이다. 하지만 분명한 건, 뭐라도 더 해보면 어떻게든 더 큰 운이 따를 확률은 올라간다는 것이다.

그에게도 말하지 못한 속마음이나 재밌는 에피소드가 있을 것 같아, 배우 정우성 씨에게 섭외 연락을 한 적이 있다. 물론 예상했던 대로 인터뷰는 성사되지 못했지만, 나는 조금도 좌절하지 않고 창피해하지도 않았다. 그저 지금은 아닐지 몰라도 언젠가는 인터뷰를 할 날도 올 것이라고 긍정적으로 생각했다.

나는 앞으로도 이야기를 듣고 싶은 사람이 보이면 주저하지 않고 그를 향해 걸어갈 것이다. 내가 먼저 세상을 두드리지 않으면 운은 나에게 찾아오지 않을 테니까.

시선으로부터의 자유

어딜 가도 깔끔한 분위기를 풍기고 싶다는 욕심, 누구에게서든 호감을 얻고 싶다는 욕심이 늘 있었다. 하지만 그건 정말 욕심에 불과했기에, 내가 아무리 노력하고 최대한 베풀어도 열 명 중에 두세 명은 나를 싫어했다. 내 노력이나 매력 여부와는 상관없는, 그야말로 불가항력이었던 것이다.

늘 타인의 시선으로부터 자유로워지길 원하면서도 동시

에 그게 생각만큼 잘 안되어 피곤했다. 안 그래야지 하면서도 정신을 차리면 잘 준비한 가면들로 나를 꾸며대고 있었고, 이미 연기가 시작된 이상 그걸 쉽게 그만둘 수도 없었다. 알지도 못하는 것에 대해 손뼉을 치며 공감하거나 아는 척을 하기도 했고 가진 것보다 훨씬 더 많이 가진 것처럼 여러모로 뽐내보기도 했다. 그리고 그 뒤에 찾아오는 것은 언제나 허무함과 환멸감이 전부였다. 분명 그런 것들을 느끼고 싶어서 한 연기는 아니었을 텐데.

뭔가 특단의 조치가 필요하다는 생각이 든 건, 어느 날 하루를 마치고 집으로 돌아왔는데 그 하루를 어떻게 보냈는지를 전혀 기억해내지 못했던 때부터였다. 내가 점점 사라져가는 느낌이었다. 밖에서 걷고 사람들을 만나고 억지로 웃고 거짓말을 하는 게 정말 내가 맞나 하는 의심이 짙어지기 시작했다.

쉽지는 않았지만, 그때부터 조금씩 처음 시작을 잘해보려고 애쓰기 시작했다. 누구를 만나더라도 나를 있는 그대로 보여주는 데에 집중했다. 내가 모르는 것, 내가 갖고 있지 않은 것, 내게 부족한 모습들을 숨기지 않고 털어놓았다. 그리고 그것들을 말하면서 마치 잘못이라도 한 사람처럼 위축되지 않으려 노력했다. 그게 마음처럼 되지 않는 날에는 알코올의 힘을 조금 빌려서라도 그렇게 척하지 않는 습관을 들이기 시작했다. 그것 말고는 방법이 없다고 생각했다. 언젠가 연기는 끝나기 마련이니까. 아마 그때부터였을 것이다. 사람들을 만나고 집으로 돌아왔을 때 느껴졌던 피로감이 조금씩 줄어들기 시작한 건. 나는 여전히 타인의 시선으로부터 자유로워질 수 있는 가장 좋은 방법은 연기를 하지 않는 것이라고 믿는다.

이제는 비교적 시선으로부터 자유로운 나날을 보내고 있다.

내가 가만히 있건 노력을 하건, 어차피 나를 싫어할 사람은 싫어하고 좋아할 사람은 좋아한다. 그러니 나는 나대로 있으면 된다. 에너지를 쏟을 필요가 전혀 없다. 그저 사람을 대할 때 내가 가장 좋아하고 편하다고 느끼는 내 모습으로 사람을 대하면 되는 것이다. 내가 모르는 사람들을 만나 인터뷰를 하고 상담을 할 때도 '이건 몰라요', '저 이건 없어요'라는 말들로 대화를 시작하는 것도 아마 그런 이유에서일 것이다. 가장 순수한 상태로 시작하는 대화, 사람 대 사람으로서의 대화를 하기 위해선, 서로가 연기를 하지 않는 것이 가장 좋을 테니까.

사람들을 만나고 이곳저곳을 기웃거리며 다니다 보면, 다른 사람들을 만날 때, 다른 곳에 있을 때보다 훨씬 더 나대로 있을 수 있는 곳을 조금씩 알아가게 된다. 어쩌면 그런 곳을 찾아다니는 게 인생에서 가장 큰 행복이 아닐까. 숨기거나 꾸밀 필요 없는 사람들과 마음껏 떠들고 웃을 수 있는 나날들이 오래도록 이어진다면 좋겠다.

아무도 모른다

누구에게나 그런 경험은 있을 것이다. 나는 원래 지금 갖고 있는 장난감들로도 충분히 즐거웠는데, 동네 친구가 득의양양하게 들고 온 새로운 장난감을 보는 순간부터 내 장난감들이 따분하게 느껴졌던 경험. 별로 필요하지도 않았는데 어떤 옷이나 운동화가 유행이라는 걸 알고 나서부터 그게 없다는 사실에 불행해지기 시작했던 경험 말이다. 그런 순간을 겪을 때마다 나는 그전의 나와는 다른 내가 됐다. 분명 만족하고 잘 웃는 나에서 자꾸만 부족하다고 생각하게 되고 쉽게 웃지도 않는 내가 됐다.

가장 위험한 일 중 하나가 바로 비교라고 생각한다. 다른 사람들을 참고하는 것까지는 괜찮지만, 그들이 가진 것을 나는 못 가졌다고 해서 필요 이상으로 시기하거나 좌절해선 안 된다는 말이다.

세상에 잘난 사람은 참 많다. 인스타그램이나 유튜브만 둘러봐도 잘난 사람이 이렇게나 많나 싶다. 누구는 나보다도 훨씬 어린 나이에 막대한 성공을 거두기도 하고, 일거수일투족이 콘텐츠가 되어 까마득히 높은 조회수를 기록하기도 한다. 그리고 나도 사람인지라 그런 것들을 보면서 감탄하고 부러운 마음이 생기는 건 어쩔 수 없다. 하지만 거기에서 더 파고 들어가지는 않으려고 의식적으로 생각하곤 한다. 무척 잘 되어가는 사람이긴 하지만, 나와는 일하는 방식이 이만큼이나 다르다는 생각을, 그리고 이 사람에게는 없는 이런저런 장점들이 나에게는 있으니 크게 차이 나는 건 아니라는 생각을 하려고 애써보기도 했다.

남들과 비교하기 시작하면 제대로 할 수 있는 일은 아무것도 없다. 해봤자 질 텐데, 아무리 열심히 하고 잘 돼봤자 이 사람만큼은 안 될 텐데, 애초에 이 사람이랑 나는 시작점부터가 다른데, 비교로부터 뻗어져 나온 그러한 부수적인 생각들이 쉴 틈 없이 나를 괴롭히기 때문이다.

반대의 경우도 조심해야 한다. 나는 나보다 못한 사람은 없다고 생각한다. 나보다 못한 사람이 어딘가엔 있다고 생각하는 순간, 나도 모르게 자만에 빠지고 현실에 안주하게 되기 때문이다. 나아가 나보다 못하다고 생각했던 사람이 하루아침에 확 바뀐 모습을 보여주거나 깜짝 놀랄 만큼 멋진 성과를 거두는 순간부터 내 자존심은 두 배로 무너지기 시작할 것이다. 내 자신감과 자존심의 원천을 타인에게 두어선 안 되는 이유다.

그런 의미에서 나는 아직 확실한 성과를 거두지 못했을 땐 눈도 귀도 닫는 게 좋은 방법이라고 생각한다. 어느 정도 나만의 스타일이 만들어지고 성과가 생길 때까지, 그러니까 외부적인 것들로부터 크게 흔들리지 않을 때까진 아예 비교할 만한 여지를 만들어두지 않는 것이다. 나는 남과 나를 비교하면서 지내던 사람 중에 잘 된 경우를 한 번도 보지 못했다.

나와의 비교 역시 마찬가지다. 한때는 이랬는데, 그땐 괜찮았는데, 라는 생각들로 과거의 영광에만 머물러 있는 일은 지금의 나에게 하나도 도움이 되지 않는 헛된 일에 불과하다. 인생이 끝나기 전까진 아직 끝난 게 아니다. 함부로 판단하고 성급하게 포기해버림으로써 회생할 수 있는 기회를 놓쳐버리는 사람들을 너무 많이 봤다. 나를 찾아와주신 내담자들도 마찬가지였다. 그들은 남들과 나를, 과거의 자신과 지금의 자신을 비교함으로써 이미 판단을 끝내고 내방하는데, 가만히 들어보면 틀린 생각과 결정을 내린 경우가 대부분이었다. 잘 들어보면, 조금만 객관적으로 생각해보면 돌파구가 많은데, 이미 답을 내려두었으니 그를 못 보고 마는 것이다.

자꾸만 비교하고 그를 통해 내 생각과 수준을 판단하는 일을 그만두자. 당신이 틀렸을지도 모른다. 더 좋은 방법이, 더 나은 사람이 될 수 있는 가능성이 여전히 당신 안에 있을지도 모른다는 뜻이다.

직업이 아닌 사람의 귀천

사람들은 직업에 귀천이 없다는 말을 마치 동화 속 한마디와 같이 여기곤 한다. 참 달콤한 말이긴 하지만, 어쩔 수 없이 귀하고 천한 직업은 따로 나뉘어 있는 것은 사실이라고 생각해버리는 것이다. 내게도 물론 '정말 직업에 귀천이 없다고 생각하시냐'와 같은 질문이 날아올 때가 많다. 그 때마다 하는 일이 일인지라, 조금은 조심스럽게 생각하고 최대한 쓸데없는 말을 하지 않으려 주의하곤 한다.

오래 생각하고 내린 결론은, 귀하고 천하다는 판단을 내리는 것은 직업을 보면서 해야 할 게 아니고 오히려 사람을 보면서 해야 한다는 점이다. 아무리 주변 사람들이 칭송하고 엄지손가락을 치켜세우는 직업을 갖고 있다고 하더라도, 사람들을 대하는 태도나 세상을 바라보는 가치관이 형편없는 사람이 있다. 마치 자신의 직업이 태어날 때부터 하늘로부터 물려받은 계급 또는 혈통이라고 생각하면서 보편적으로 덜 칭송받는 직업을 지닌 사람들을 무시하고 아래로 보는 것이다.

하지만 그런 사람도 있는 한편, 만나서 대화하는 사람이 어떤 직종에 몸을 담고 있는지와는 상관없이, 보편적으로 많이 고생하고 덜 번다고 하는 직업을 지닌 사람이라도 '이 사람은 정말 멋있다'고 느껴질 때가 있다. 그런 사람들은 사회적으로 크게 인정받지 못하는 직업에 있더라도 부끄러워하거나 창피해하지 않고 맡은 임무를 충실히 한다. 그렇게 본인의 직업에 대해 상세하고 자세히 말하는 사람을 보면, 이 사람은 왠지 다른 어떤 일을 해도 잘할 것 같다는 묘한 확신이 들곤 한다. 나아가 편견 없이 말하고 행동한다는 점이 그 사람을 더 멋지게 포장해주는 느낌마저 준다. 그때마다 '이 사람은 참 귀한 사람이다'라고 자연스레 생각하게 된다.

지금 어떤 직업을 갖고 있는지와 같은 알량한 기준으로 상대방을 평가하지 않았으면 좋겠다. 한 사람이 다른 한 사람을 완벽하게 이해한다는 것은 절대로 불가능한 일이다. 웬만큼 친한 사이라고 할지라도 지금 내 앞에 있는 사람에 관해 아는 것보다 모르는 것들이 더 많을 수밖에는 없다. 지금 당장 사람들이 보기에 변변찮은 일을 하고 있다고 여겨지는 사람이 한때는 잘나가는 사업가였을지도 모르고, 반대로 누구도 성공할 거라고 기대하지 못했던 사람이 훗날 막대한 부와 명예를 손에 넣는 경우도 허다하다. 그러니 어쩌면 직업에 귀천이 있다, 없다라는 말 자체가 사라져야 하는 건지도 모른다. 한 사람의 직업이 계속 변할 수도 있고, 직업의 가치가 시대의 흐름에 따라 자꾸 바뀔 수도 있는 거니까. 누가 됐든, 사람에게는 성공할 가능성과 떨어질 가능성이 존재한다. 그러니 직업으로 평가하는 건 아무 의미가 없는 것이다.

굳이 누군가를 판단해야 하거나 누군가에게 가치를 매겨야 한다면, 직업적인 평판이나 경제적인 지표가 아닌, '존중할 수 있는지'를 기준으로 삼는다면 어떨까. 이 사람이 나를 존중하는지. 나도 이 사람을 존중할 수 있는지. 나와 잘 맞는지 아닌지. 내가 멋있다고 느끼는지와 같은 것들 말이다. 그런 주관적이지만 단단한 기준을 품고 사람을 바라보고 대하고 사귀기 시작하면, 배신당하거나 무시 받을 걱정 없이 동등한 위치에서 건강한 인간관계를 형성할 수 있고, 나아가 장래를 결정할 때도 스스로의 마음의 소리에 조금 더 잘 귀 기울일 수 있을 것이다.

매력 있는 사람들의 특징

모두가 매력적인 사람이 되길 원한다. SNS상에서든 직장, 친구 관계에서든, 매력적이라는 평가를 듣고 인기가 많은 사람이 실질적으로 그 집단에서 중요한 역할을 맡곤 하기 때문이다. 그게 아니더라도 상대방에게 매력적인 사람이라는 인상을 주면, 상대방에게 감동을 주기에도 설득하기에도 쉽다. 사람은 절대 혼자 살아갈 수 없는 동물이라는 점을 생각하면, 이 매력이라는 것이 얼마나 필요하고 중요한 건지를 실감할 수 있게 된다.

나를 찾아오는 내담자들도 인간관계 때문에 힘들어하는 사람이 대부분인데, 그중 상당수가 매력적인 사람이 되는 방법 또는 상대방에 매력적인 인상을 심어주는 방법을 궁금해했다. 물론 외적인 것에는 어느 정도 한계가 있겠지만, 그래도 적어도 상대방에게 불쾌감을 주지 않고 다시 만나고 싶은 사람이라는 인상을 주는 방법을 나는 몇 가지 알고 있다. 오늘은 이 글을 빌어 매력 있는 사람들이 공통으로 지니는 특징들을 이야기해볼까 한다.

1. 눈을 응시할 줄 안다

대화의 당사자끼리 서로의 눈을 응시하는 것은, '나는 당신의 말에 집중하고 있어요'라는 예의적인 측면에서도 중요하지만, 상대방에게 신뢰감을 주고 상대방이 내게 집중할 수 있게끔 내 마음의 창을 내어주는 역할을 한다는 점에서도 매우 중요하다. 상대방의 눈을 피하지 않고 계속 응시하다 보면, 상대방은 '이 사람은 내게 숨기는 것이 없구나'라는 생각을 함과 동시에 조금이라도 갖고 있던 일말의 무장을 해제하게 된다.

2. 꾸미는 말을 하지 않는다

꼭 그렇다고 할 수는 없지만, 경험적으로 되돌아봤을 때 나를 속이거나 관계를 이어가는 다른 속내가 있는 사람들은 늘 필요 이상으로 자신을 꾸미는 말을 많이 하곤 했다. 꾸미는 말이 많은 사람, 꾸밈이 방어적인 사람은 오히려 신뢰하기 어렵다는 인상을 준다. 반대로 자신에 관해 있는 그대로 담백하게 설명할 줄 아는 사람은 투명하고도 깔끔한 인상을 주어, 언제 다시 만나도 거북하지 않은 사람이라는 인상을 줄 수 있다.

3. 모든 행동이 여유롭다

대화를 비롯한 관계에서의 모든 일에 신경 쓰고 일희일비하는 것은 상대방에게 피로감을 주고, 이 관계에 너무도 안달이 나 있는 것 같은 인상을 심어줘서 오히려 거부감을 줄 수 있다. 내가 가진 것은 이만큼이고 내가 없는 것은 또 이만큼이다, 나는 이런 점이 뛰어난 사람이고 또 이런 점은 부족한 사람이라는 것을 쿨하게 인정하고 오픈하는 것만으로도, 일과 관계가 어떻게 흘러가더라도 무너지지 않을 어른스러운 사람으로 비칠 수 있다.

4. 긍정적인 표현을 쓴다

부정적인 표현들 대신 긍정적인 표현들을 쓰는 것만으로도 좋은 인상을 남길 수 있다. 예를 들면 '나쁘지 않다'라는 표현을 쓰기보단 '좋다'는 표현을 쓰는 것, '이런 영화는 싫어'라는 표현보다는 '나는 이런 것보단 그런 영화들이 좋더라'라고 말하는 것은, 언뜻 보면 그다지 큰 차이점이 없는 것 같아도 훨씬 더 포용력 있고 너그러운 사람으로 보이는 효과를 준다. 이런 표현을 쓰는 사람과 관계를 맺는다면, 내게 부정적인 말보다는 긍정적인 말을 더 많이 해줄 것이라고 기대하게끔 만드는 것이다.

5. 자신을 깔끔하게 관리할 줄 안다

많은 사람이 착각하고 있는 사실이 있다. 바로 무조건 비싸고 화려한 옷을 입어야만 멋지게 보일 것이라는 점이다. 내 체형에 어울리지 않는 백만 원짜리 재킷을 입는 것보다, 내 체형과 퍼스널 컬러에 잘 맞고, 심지어 잘 다려지기까지 한 오만 원짜리 옷을 입는 것이 훨씬 낫다. 손톱과 귀 뒤처럼 사람에 따라 불쾌감을 줄 수도 있을 신체 부위가 얼마나 깨끗하게 관리되고 있는지, 배가 너무 나오거나 반대로 아파 보일 정도로 마른 것은 아닌지, 상황과 장소에 맞는 옷차림과 태도를 구분하고 있는지를 잘 고민해보면, 평소에 내가 남들에게 어떤 사람으로 보이는지를 알 수 있을 것이다.

물론 이것들 외에도 사람들의 마음을 얻는 방법은 많을 것이다. 하지만 그 모든 방법을 관통하는 한 가지 포인트는, 나라는 사람을 필요 이상을 치켜세우기보단 있는 그대로를 드러내되, 되도록 깔끔하고 정갈한 모양새로 보여주어야 한다는 점이다. 마치 요리사가 가장 자신 있는 요리를 선보일 때, 과한 장식이나 설명을 곁들이기보단 가장 깔끔한 그릇에 가장 깔끔한 모양새로 그 요리를 담아내는 것처럼 말이다. 당신이 지니고 있는 근사하고도 반짝이는 것들이 모쪼록 온전히 당신 앞에 앉은 사람에게 보여지길 바란다.

꾸준함의 힘

어떤 직업이든 저마다의 장단점이나 직업병이 존재할 것이다. 심리 상담뿐만 아니라 여러 일을 하고 있지만 유튜브 채널을 운영하는 입장에서 이야기를 해보자면 아무래도 가장 신경 쓰이는 건 사람들의 반응이다. 영상을 업로드하면 바로바로 반응을 확인할 수 있기 때문이다. 조회수나 댓글이 전부는 아니지만 그렇다고 해서 신경이 하나도 안 쓰인다고 하면 그건 거짓말일 것이다. 내가 하는 일은 대부분 무언가를 기획하고 세상으로부터 평가받는 일이다. 이런 사람을 인터뷰 해봐야겠다. 이런 영상을 찍어야겠다고 기획하고 그대로 실행한다. 그다음에 채널에 업로드를 하면 사람들의 반응을 볼 수 있다. 사람들의 반응이 곧 평가라는 것은 어쩔 수 없는 사실이다.

무언가를 기획하고 제작하고 업로드하는 일을 반복하다 보면 그런 순간이 온다. 이 영상은 사람들에게 괜찮은 반응이 나올 거라고 생각했는데 막상 인터뷰를 해보니 내가 생각한 것보다 반응이 나오지 않을 때다. 지금은 영상을 300개 넘게 업로드하다 보니 괜찮아졌지만 유튜브를 시작한 지 얼마 되지 않았을 땐 훨씬 더 일희일비했었다. 반응에 따라 내 감정이 오르락내리락했던 건 비단 댓글과 조회수만의 문제가 아니다. 반응이 나오지 않는다는 건 괜찮은 반응이 나올 거라고 생각했던 내 확신이 무너지는 일이기 때문이다.

어느덧 유튜브를 시작한 지도 4년 차다. 내가 아무리 반응이 괜찮을 거라고 생각하더라도 그렇지 않은 경우도 있었고 반응이 썩 괜찮지 않을 거라고 생각했지만 오히려 엄청난 호응을 얻었던 영상도 있다 보니 이제는 이렇게 생각한다. 좋을 때도 있고 나쁠 때도 있는 거라고. 다시 말하자면 일이 잘 풀릴 때도 있고 일이 잘 풀리지 않을 때도 있다는 것이다. 그렇기 때문에 일희일비하는 것이 아니라 오히려 꾸준함이 더 중요하게 느껴진다.

배우 오정세 씨는 백상예술대상에서 이런 수상소감을 말했다.

"어떤 작품은 성공하기도 하고 어떤 작품은 심하게 망하기도 하고 어쩌다 보니까 이렇게 좋은 상까지 받는 작품도 있었는데요. 100편 다 결과가 다르다는 건 좀 신기한 거 같습니다. 제 개인적으로는 100편 다 똑같은 마음으로 똑같이 열심히 했거든요. 돌이켜 생각해보면 제가 잘해서 결과가 좋은 것도 아니고 제가 못해서 망한 것도 아니라는 생각이 들더라고요. 꿋꿋이 열심히 일하는 많은 사람이 똑같은 결과가 주어지는 것은 또 아니라는 생각이 들어서 불공평하다는 생각이 드는데 그럼에도 불구하고 실망하고 지치지 마시고 포기하지 마시고 여러분들이 무엇을 하든 간에 그 일을 계속했으면 좋겠습니다.

자책하지 마십시오. 여러분의 탓이 아닙니다. 그냥 계속하다 보면 평소와 똑같이 했는데 그동안 받지 못했던 위로와 보상이 여러분들에게 찾아오게 될 것입니다."

자신이 생각했던 것과 다른 결과가 나오는 일은 나에게만 해당하는 이야기가 아닐 것이다. 어떤 시험을 오래 준비하고 있는 사람이든 아니면 직장인이든 프리랜서로 일하는 사람이든 자신이 옳다고 생각했던 것이 무너지는 경험은 한두 번씩 있을 테니까. 그때마다 무너지고 쓰러지고 흔들리기보다는 꾸준히 나아가는 것만이 유일한 해답일지도 모른다. 일이라는 건 잘 풀릴 때도 있고 잘 풀리지 않을 때도 있는 거니까. 포기하지 않고 꾸준히 하다 보면 분명 내가 원하는 결과를 만들어낼 수 있을 것이다.

아픔을 공유할 용기

내 유튜브 채널에 출연하고 싶다며 메일 한 통이 왔다. 이형우 씨는 고아원에서 자랐다는 말로 자신을 소개했다. 어떤 이야기를 하고 싶어서 인터뷰를 신청하셨는지가 첫 질문이었다. 부모님을 찾아뵙고 싶기도 하고 못 찾더라도 내가 이렇게 살아왔다고 말하고 싶어서 출연을 요청했단다. 그의 삶은 태어나기 전부터 버림받는 게 확정된 삶이었다. 친부 친모가 원치 않는 임신을 했는데 그 아이가 이형우 씨였던 것이다. 아이를 지우려고 했지만 이미 너무

커버린 상태라 아는 사람의 아는 사람을 통해서 이미 태어날 때부터 입양이 예정되어 있었다. 하지만 입양한 부모가 다섯 살이 되던 해에 마트에 과자를 사러 가자고 데리고 나가더니 그 자리에서 다시 돌아오지 않았다고 했다.

그날 마트 직원분이 신고해서 경찰이 출동했다. 경찰서에서 경찰관이 건네준 치즈 두 장을 먹고 있는데 일시보호소에서 온 사람이 그를 데려갔다. 임시보호소에 있는 동안 부모가 나타나지 않으면 고아원, 보육원으로 이동하게 되는 구조다. 물론 잘 되어있는 보육원도 있지만 이형우 씨가 머문 보육원은 그런 곳이 아니었다. 학대가 즐비한 곳이었다. 단체생활을 하다 보니 아이들끼리 티격태격할 때도 있는데 훈계하는 방식이 창살에 매달려있는 거였다. 아침밥으로 나온 콩자반을 안 먹었더니 엄청 큰 반찬통에 콩자반을 담아서 아침 점심 저녁 다 먹게 시키고는 했다. 그때 이형우 씨의 나이가 고작 6살이었다. 6살.

그뿐만 아니라 시설이 옮겨질 때마다 다시 적응을 해야

하는 건 물론이고 더 최악의 환경으로 옮겨지는 경우도 있었다. 샤워하기 전에 잠수를 강제로 시킨다거나 같이 생활하는 사람들끼리 계급을 나누고 싸우고 다투고 하는 일이 빈번했다. 자다가 떠들었다는 이유로 야구방망이로 맞은 적도 있단다. 심지어 그때도 고작 유치원에 다닐 때였다. 그와 친하게 지내던 친구와 강제로 싸우게 하는 것은 물론이고 그밖에도 이루 말할 수 없을 정도로 많은 학대가 있었다.

그런 힘든 생활은 학교를 간다고 해서 끝나는 것이 아니었다. 보육원 아이들은 한차를 타고 단체로 등교를 한다. 그럼 아이들은 보육원 아이들을 보면서 재네 부모 없는 애들이라는 말을 쉽게 뱉고는 한다. 결국 보육원에서도 학교에서도 마음 둘 곳이 하나도 없는 것이다. 결국 이형우 씨는 견디다 견디다 스스로 보육원을 나왔다. 그 뒤로 잘 곳이 필요하니까 창틀을 만드는 곳에서 기숙사 생활을 하다가 그만두고 안성에 있는 공장에서 기숙사 생활하면서 돈을 모은 다음에 이젠 혼자 자취를 시작했다.

어른이 되고 나서 보육원에서 같이 지내던 친구들을 만나면 안 좋은 이야기를 별로 안 한다고 했다. 서로 딱히 질문을 하지도 않는다고 했다. 어차피 다 힘들게 살았을 테니까. 최대한 좋은 이야기를 많이 하려고 한단다. 글로 다 담을 수 없을 만큼 많은 이야기를 나눈 하루였다. 실제로도 인터뷰한 내용이 많아서 영상도 두 개로 나눠서 올렸다. 영상은 내가 생각했던 것 이상으로 훨씬 더 높은 조회수와 많은 댓글을 이끌어냈다. 그리고 그 댓글에는 생각보다 많은 사람이 현재 보육원에서 지내고 있거나 자신도 보육원에서 어린 시절을 보냈다는 이야기들이 많았다. 잘 살았다고, 잘 살고 있다고, 나도 힘들었다는 내용이 내가 생각한 것보다 훨씬 많아서 마음이 저릿할 정도였다. 아마 영상 마지막에서 그가 남긴 말 때문이 아닐까.

"시청자분들께 한마디 해주신다면요?"

"시설에 있는 아이들은 어린 시절에 상처를 제일 많이 받는 것 같아요. 주변에서 부모 없는 애들이라고 하더라도 상처받지 말고 그런 말도 쉽게 안 했으면 좋겠습니다."

그렇게 많은 댓글이 달리고 그 댓글에 많은 사람이 자신의 아픔을 공유했던 건 이형우 씨의 용기 덕분이 아닐까 한다. 자기 자신이 이렇게 살아왔고 이렇게나 힘들었고 이런 걸 느꼈다고 영상으로 남기기 쉽지 않았을 텐데 말이다. 어쩌면 아픔은 서로 공유하고 서로 토닥여주고 서로 나눠 들면서 조금씩 치유하는 건지도 모르겠다.

짝사랑과 닮은 일

다양한 직업 세계에 몸담은 사람을 만나고 때로는 고민을 상담해주는 일을 하다 보니, 일종의 직업병 같은 게 생긴 모양이다. 인터뷰나 상담 상황이 아니더라도, 그러니까 친한 친구들을 만나서 편하게 대화를 나눌 때도 나도 모르게 마치 인터뷰라도 하는 것처럼 그 사람의 말을 경청하게 된다는 점이다.

그러다 보면 내가 듣고 이해한 바로는 분명 이 사람에

게 잘 맞는 돌파구가 있는 것 같은데, 그 사람은 그걸 모르고 있는 눈치여서 자꾸만 집요하게 그를 도우려 들 때가 많다. 정작 상대방은 도와달라고 한 적도 없고 나 역시 굳이 안 도와줘도 될 일인데, 편하게 있어도 되는 자리에서도 스트레스까지 받으며 함께 고민해주는 것이다. 물론 나의 상담 방식 자체가 솔루션을 강하게 밀어붙이는 식도, 잔소리하거나 가르치려 하는 식도 아니기에 그나마 서로에게 다행이지만 말이다. 나는 나와 상대방의 상황과 생각, 성향과 취향이 어쩔 수 없이 다 다를 것이라고 생각하고 대화에 임하기에, 늘 다각도로 고민해서 해결책을 제시하는 편이다.

'이런 상황에선 이렇게 말하는 게 좋아요, 그런데 그게 불편하다면 이런 식으로 에둘러서 말해보는 것도 좋겠네요, 그것도 어렵다면 편지를 남겨볼까요? 은근한 행동으로 뉘앙스를 풍기는 것도 방법일 수 있겠네요. 아니면 또….'

물론 그렇게 발 벗고 나서서 그를 도와준다고 해도 그 사람이 내 말을 진심으로 들어주지 않는 경우도 있다. 아니,

엄밀히 말하자면 진심으로 들어주지 않는 경우가 훨씬 많다. 애초에 내쪽에서 자진해서 나선 것이기 때문에 서운하다는 말을 할 수도 없다. 그럴 때면 속된 말로 현타가 오는 것은 어쩔 수 없다, '내가 이렇게까지 해야 하나' 하는 생각이 사람인지라 들 수밖에 없는 것이다.

그런데 나중에 가서 그들을 다시 보면, 내가 제시한 여러 방법 중 가장 자신에게 잘 어울리는 방법을 골라 나름대로 따르고 있는 것을 볼 수 있었다. 비록 열 가지의 방법 중 고작 한두 가지 정도만 골라서 선택적으로 적용하는 모양새였지만 말이다.

그때마다 느끼곤 한다. 사람의 외모와 성격이 각양각색인 것처럼, 모두에겐 자신만의 돌파구, 문제 해결 방법이 다 따로 있다는 사실을 말이다. 그리고 동시에 그들에게 내 도움이 조금이라도 긍정적으로 가서 닿았다는 생각에 마음이 따뜻해지는 것이다. 아마도 그 맛을 못 잊기 때문에 매번 스트레스를 받으면서까지 사람들을 도우려 드는 거겠지. 정말 그렇다. 필요한 곳에 에너지를 쓰고 있다고 생각할 때마다 더없이 행복해진다. 과정이야 어쨌든, 결과적으로 서로가 만족하게 되었다는 뜻이니까.

당장 상대방이 내가 원하는 그림을 보여주지 않고 내게 귀 기울이지 않으며 때로는 나를 실망시키더라도, 나중에 가서라도, 아주 조금이라도 한두 번씩 보여주는 호의적인 태도나 표정에 웃음을 짓는 것. 그래서 도저히 그 일을 그만둘 수 없게 하는 것. 듣고 말하는 일은 짝사랑을 닮았다. 그리고 내가 나로 살아가는 한, 이 사랑을 그만두는 일은 영영 없을 것이라고 확신한다.

오늘도 아침에 눈을 뜨자마자 일정부터 확인했다. 여러 곳에서 여러 만남이 나를 기다리고 있었다. 눈을 감고 심호흡을 하며 잔잔하지만 분명한 떨림을 느꼈다. 마치 사랑에 빠졌을 때처럼 기분 좋은 떨림이었다.

지금의 나를 만든 것

아침에 일어나 눈을 뜨기 위해 애쓰고 있을 때마다, 그리고 무언가에 굉장히 집중하고 있을 때마다, 어머니는 내게 이런 말을 건네오셨다.

“인상 쓰지 마. 그러면 필요하지도 않은 주름이 생기는데, 그 주름이 있으면 사람이 되게 험상궂어 보여.”

나는 주름 하나 생긴다고 그렇게 사람 인상이 휙휙 바뀌

겠냐며 웃어넘기곤 했지만, 혹시라도 정말 그런 사람이 될까 봐 금세 얼굴을 풀곤 했었다.

누구든 편견 없이 대해야 한다고 마음먹긴 하지만, 그래서 첫인상만 보고 그 사람에 대한 감상을 겉으로 티 내는 경우도 거의 없지만, 사람을 많이 만나다 보면 나도 모르게 그 사람의 분위기가 자연스럽게 파악될 때가 있다. 나는 그럴 때면 상대방을 편견과 두려움, 어려워하는 마음 없이 평소처럼 대하면서도, 마음속으로는 일종의 정신 무장을 한다. 상대방이 풍기는 분위기가 험상궂거나 어두우면, 그로부터 겁먹지 않으려 하거나 그 분위기에 잠식당하지 않으려 한다든지, 상대방이 나보다 훨씬 활기찬 분위기를 갖고 있다면 내가 있는 위치에서 조금이라도 더 중심을 지키려고 애쓰는 식이다.

세상 모든 사람에겐 다 나름의 선한 마음이나 순수한 면모가 있겠지만, 어떤 삶을 살아왔는지에 따라 인상이나 마음의 표현방식이 달라지는 것은 어쩔 수 없는 것 같다. 어릴 때는 살아온 날이 얼마 되지 않아 티가 안 나지만, 살아온 날이 많으면 많을수록 어쩔 수 없이 그간의 시간이 묻어나는 말투나 분위기를 지니게 되는 것이다. 그 분위기는 말로는 자세히 설명할 수 없는 무언가이다. 체격이 우락부락하지도 않고 분명 웃으면서 내게 말을 걸어오는데, 이유 모를 섬뜩함이 느껴지거나 듣는 사람의 기분을 찝찝하게 만드는 사람도 있고, 표정도 말투도 무뚝뚝한데 언제까지고 옆에 있고 싶은 사람이 있기도 한 것처럼 말이다.

한때는 콧방귀를 뀌며 웃어넘겼지만, 이제는 쌓아온 시간과 행실과 업이 지금의 내 인상과 분위기를 만든다는 것을 인정한다. 아마 내 어머니가 내게 인상 쓰지 말라고 말씀하셨던 것도 아마 이와 닮은 이유에서였을 것이다.

나를 처음 만난 사람들은 나를 보며 어떤 분위기를 느낄까. 어두운 분위기일까 밝은 분위기일까. 험상궂다고 생각할까 다정하다고 생각할까. 만약 명확하게 다가가는 나만의 분위기가 있다면, 그 분위기를 만든 건 내 과거 어디쯤의 어떤 말과 행동들이었을까. 조금 더 나은 사람, 좋은 사람으로 사람들에게 다가서기 위해선, 앞으로 어떤 방식으로 시간을 보내면 좋은 걸까. 생각이 많아지는 밤이다.

4 장

서로를 치유하는 시간

100%는 없다

들으려고 들은 건 아닌데, 종종 다른 테이블로부터의 대화가 내 귀에까지 들려올 때가 있다. 그럴 땐 의식적으로 다른 것들을 신경 쓰려고 하거나 이어폰을 끼거나 자리를 옮길 수 있으면 옮기려고 부지런히 움직이곤 하는데, 그러지 못하는 경우에는 어쩔 수 없이 가만히 앉아 그 대화를 들을 수밖에는 없게 된다.

오늘 들은 대화도 그렇게 본의 아니게 들은 대화였다.

격 없는 말들을 주고받는 걸로 보아 친구 사이인 듯싶었다. 한쪽이 고민을 털어놓고 다른 한쪽은 그 고민을 듣고 나름대로 해결책을 말하고 있었다.

"야, 그건 백 프로 아니지. 내가 말하는 대로 해. 이게 무조건 맞아."

고민을 들어주는 사람의 말하기 방식이 유난히 귀를 강하게 파고들어 왔다. 그건 내가 그다지 선호하지 않는 방식이었기 때문이다. 이유도 상대방을 향한 존중도 없이 자신의 의견이나 방법이 무조건 옳다고 말하는 것. 나는 그것이야말로 대화와 관계를 망치는 가장 커다란 요인 중 하나라고 생각한다. 얼마나 상대방을 걱정하고 생각해서 말해주는 것인지와는 상관없이 말이다. 좋았던 적이 없었던 방식이다. 당장 우리의 청소년기만 생각해도 그렇지 않았는가. 부모님은 물론 나를 생각해서 건네신 말들이었겠지만, 폭압적으로 가르치려 들수록, 당신의 말들이 무조건 옳다고 찍어누르듯 말씀하실수록 반발하는 마음은 늘 커지곤 했다. 안 그래도 그렇게 할 마음이 있었는데, 그 말투 자체가 상처가 되어 일부러 반항하듯 그러지 않았던 적이 많았다. 세대 간 갈등이 일어나는 가장 큰 원인도 아마 그것일 것이다. 두 사람이 아무리 비슷한 사건을 겪었더라도, 그 일을 겪은 시대나 타이밍이 다르다면 그것은 엄연히 다른 사건이다. '나 때'는 쉽게 적용할 수 있었던 방법이 요즘 세대에선 구시대의 방식으로 여겨질 수도 있고 아예 도움이 되지 않을 수도 있기 때문이다.

한 사람이 다른 한 사람의 문제에 완벽히 공감해주고, 완벽한 방법으로 그를 해결해주는 일은 어쩌면 영원히 불가능한 일일지도 모른다. 그 상황을 완전히 똑같이 겪어볼 수도 없을 것이며 백번 양보해서 완전히 똑같은 상황을 겪었다고 해도 그 사람의 마음과 상황을 전부 헤아려보기는 더 어려울 테니까.

그러니 조심스러운 표정과 말투로 생각을 전달하는 게 무엇보다도 중요한 것 아닐까. 그곳에 나만 있는 게 아니라, 나와 상대방, 두 사람이 있는 게 대화다. 그러므로 나는 나의 생각이 옳다고 생각할지라도, 상대방이 그것에 대해 충분히 생각하고 온전히, 자신만의 속도로 받아들일 수 있도록 사려 깊게, 그리고 충분히 설명하고 말해줘야 하는 것이다. 마치 한 숟갈 한 숟갈을 천천히 넘겨야만 하는 환자의 먹는 속도에 맞춰 죽을 떠 먹여주는 마음으로 말이다.

오늘 내 옆 테이블에서 대화를 나눴던 두 사람은 각자 무슨 마음으로 집으로 향했을까. 개운했을까 찝찝했을까. 그가 무조건 옳다고 했던 방식을 자신의 문제에 적용해봤을까. 아니면 불현듯 치솟는 반발감에 오히려 반대로 굴었을까. 잘 말했다고 생각했을까. 아니면 내가 너무 몰아붙이듯이 말했나 반성했을까. 다음에는 조금 더 상대방을 생각하며 말해봐야겠다고 다짐했을까. 모쪼록 건강하고 따뜻한 대화들이 두 사람의 앞날에 더 많았으면 좋겠다고 생각했다.

난 무조건 당신 편

드라마 〈나의 해방일지〉에서는 각자의 삶 속에서 허우적대는 한 가족 구성원들이 나름의 방식으로 자신만의 해방을 추구한다. 주인공 중 한 명인 미정 역시 구씨라는 의문의 인물을 만나 점점 말수가 많아지고 쾌활해지고 삶의 재미를 찾는, 나름의 해방을 꿈꾸기 시작한다.

미정은 직장에서 묵묵히 맡은 일을 다 해내지만, 속으로만 조용히 화를 내는 사람, 그리고 그 화를 어떻게든 분출

해내고 싶은 사람이고 구씨는 어째선지 말하는 것을 굉장히 피곤해하는 사람, 그리고 온종일 듣는 일만 해도 괜찮은 사람이다. 그리고 두 사람은 언젠가부터 동네에서 만나 종종 퇴근길과 저녁 식사를 함께하기 시작한다.

두 사람이 만나 별다른 것을 하는 건 정말이지 아니었다. 그저 술을 마시고 멍하니 그리고 나란히 앉아있고, 깜깜한 시골길과 숲을 함께 걷는 것이 전부였다. 그렇게 조용한 시간을, 어떻게 보면 따분한 시간을 보내는 게 전부인데, 그녀는 과연 어디에서 어떻게 행복을 추구하기 시작했던 걸까.

나는 오히려 별다른 게 있어서가 아니라 별다른 게 없어서 그녀가 그렇게 변할 수 있었던 거라고 생각한다. 구씨는 미정에게 이것도 해봐라, 저것도 해봐라, 말해주기보단, 늘 미정의 이야기를 들어주고 고개만 끄덕일 뿐이었다. 미정이 싫다고 하는 것 앞에서도 고개를 끄덕여주고 미정이 결심한 것들 앞에서도 발 벗고 나서서 그를 지지해주진 못

해도 묵묵히 뒤에서 그 결심을 인정하고 필요하다면 자신이 베풀 수 있는 도움을 기꺼이 내주는 게 전부였다. 나는 바로 거기에 세상의 모든 다정함과 따뜻함이 다 숨어 있다고 생각했다.

너의 고민과 너의 상황 앞에서는 너의 생각이 가장 옳을 수밖에 없다고 말해주는 것. 그렇게 고개를 끄덕여주는 것. 무조건적으로 편을 들어주고 그랬겠구나, 네가 맞아, 나도 그랬을 거야, 그렇게 말해주는 것. 나는 너로부터 어떤 대답이나 정보를 뺏어가려는 사람이 아니라 너에게 호의적인 사람, 너의 친구야, 그렇게 말해주는 일. 그런 대화에서는 이기고 지는 사람이 없이 두 사람 모두가 행복한 마음만 가져간다. 사랑하는 사이에서는 사랑이 더 커지고 믿음이 중요한 관계는 두 배 세 배로 단단해진다. 물론 일로 만난 사이, 언제까지나 일로만 엮일 사이에서는 냉철할수록 좋겠지만, 그게 아니라면, 차가움보단 따뜻함이 어울리는 관계에서라면 무조건적인 내 편, 당신 편이 서로 되어주는 것이 좋다. 얼마나 많은 사람이 서로에게 필요 이상으로 날을 세우는 세상인데, 가깝고 소중한 사람 한두 명쯤은 그래도 된다.

드라마 후반부를 보면, 미정의 표정은 초반부에서의 그것과 사뭇 다르다. 자신만의 평화, 행복에 다다른 듯한 모습이다. 그리고 그 순간에도 그녀의 주변에는 그녀를 사랑스럽게 바라봐주고, 그녀의 말을 묵묵히 들어주고 고개를 끄덕여주는 한 사람이 있다. 사랑 가득한 마음으로 한 사람의 말을 들어주는 일, 무조건적으로 편을 들어주는 일은 그런 방식으로 한 사람을 행복하게 만든다.

소리로 꾸는 꿈

“제 목소리 어때요? 유튜브로 들었던 거랑 똑같아요?”

“영상에서 들었을 때 좀 활달하실 것 같았는데, 실제로 들어도 똑같으신데요?”

선천적으로 시각장애를 안고 태어난 맹인안마사 오혜인 씨를 만나 처음 나눈 대화였다. 지금껏 여러 사람을 만나 수없이 많은 대화를 해왔다고 자부할 수 있었지만, 선천적으로 눈이 보이지 않는 사람, 그러니까 한 번도 눈으로 무언가를 본 적 없는 사람과의 대화는 처음이었기에 긴장할 수밖에는 없었다.

어떻게 찾아뵙고 어떤 질문들을 해야 할까, 고민이 이만저만이 아니었다. 일단은 그분께서 내가 있는 곳까지 오시기엔 아무래도 어려움이 있으실 테니 계신 곳으로 찾아가겠다고 말씀드렸다. 그랬더니 혜인 씨는 한사코 괜찮다고 말씀하시며 장애인 이동수단, 일종의 전용 택시 격인 '복지콜'을 이용해서 스튜디오까지 직접 와 주셨다. 나중에 안 사실이지만, 복지콜은 수요에 비해 차량도 많지 않고 배차 시스템도 원활하지 않아 호출했을 때 차가 한 시간 뒤에 올지 다섯 시간 뒤에 올지조차 분명하지 않다고 한다. 그런데도 혜인 씨가 약속했던 시간에 맞춰 왔다는 것은, 이 약속을 위해 한참 전부터 복지콜을 신청해 두셨다는 뜻이었을 것이다. '이 사람은 나와의 대화를 위해 정말 많은 신경을 썼구나'라는 생각을 했다. 그토록 절실하게 내게 말하고자 했던 것은 무엇이었을까. 나는 늘 그랬듯 최대한 잘 들어줘야겠다는 생각으로 그녀와의 인터뷰를 시작했다.

웬만해선 들을 기회가 없었던 이야기들을 많이 들었다. 선천적으로 시각장애를 안고 태어난 사람들은 꿈도 소리로만 꾼다는 이야기라든지, 시각장애인들이 교육받는 방법과 과정, 그리고 그들이 평상시에 겪는 어려움들에 관한 이야기들이었다. 어떤 부분에선 놀랍기도 했고 또 어떤 부분에선 참을 수 없이 화가 나기도 했다. 이렇게 잠깐 듣는 것만으로도 화가 나는데, 그걸 실제 생활에서 매일 겪는 입장이라면 얼마나 힘이 들지 가늠할 수조차 없었다.

학교에 다닐 때부터 뺨을 맞거나 욕을 들어야만 했다. 보이지 않으니 배우는 게 더딘 것은 당연한 건데, 그걸 이유로 당해야 했던 수모였다. 자신을 위험에 몰아넣을 정도로 교육을 덜 받은 활동지원사, 나아가 장애인 활동지원사라는 직무를 수행하면서도 '눈이 왜 그래요?', '이상해요'라는 말을 서슴없이 뱉어대는 이들 앞에서도 할 수 있는 것은 고작 하지 말라 달라는 말, 기분이 나쁘다는 말뿐이었다. 경로당 또는 불법 안마 시술소에서 안마사로 일할 때마다 자신은 본 적도 없는 자신의 생김새 때문에 욕을 들을 수밖에 없는 마음은 어떤 마음이었을까. 그와 같은 이야기를 이렇게 담담하게 이야기하기까지 얼마나 많은 아픔과 슬픔들이 있었을까.

그러한 혜인 씨의 이야기 앞에서 나는 생각이 많아질 수밖에 없었지만, 그걸 목소리로 드러내는 것도 어쩌면 실례일 수 있을 것 같아 최대한 밝게 질문을 이어갔다. 그러자 혜인 씨가 피식하고 웃으셨다. 왜 웃으시냐고 물었더니 '이렇게 밝게 이야기를 들어주는 사람은 처음이라서'라는 대답을 해오셨다. 그건 이전까지는 이런 대화가 거의 없었다는 뜻으로도 들려왔기에 나는 조금 더 슬퍼졌다.

"그냥 장애는 불편한 거지, 내 잘못은 아니에요. 내 잘못이라는 생각을 갖지 않았으면 좋겠어요. 다들 어려운 시기를 지내고 계실 텐데, 우리 같이 있는 자리에서 힘낸다면 좋겠습니다."

지금도 심리적으로나 육체적으로나 힘들어하고 계시는

시청자분들에게 한마디 해주신다면 뭐가 있을까요, 라는 물음에 대한 혜인 씨의 대답이었다.

장애를 갖고 싶어서 가진 사람은 세상에 없다. 다만 선천적으로 그렇게 태어났거나 어떤 사고를 당해서 그렇게 되었고, 계속해서 살아갈 뿐이다. 그러니 어쩌면 세상은 장애인과 장애인이 아닌 사람들이 살아가는 곳이 아닌, 장애인과 '아직' 장애인이 아닌 사람이 함께 살아가는 곳이라고 생각하는 게 맞을 것이다. 그렇게 함께 살아가야 하는 곳에서, '나라면 죽었다'라거나 입에 담지도 못할 만큼 심한 욕설과 모멸감을 주는 말을 주고받을 필요는 없는 것 아닐까. 심장이 뛰고 따뜻한 피가 흐르는 사람인 이상, 우리는 그렇게 악해지지는 말아야 한다.

선한 영향력에 관해

기분 탓일지도 모르겠지만, 세상이 점점 살기 힘들어지고 있다는 생각을 했다. 아무리 열심히 발버둥 쳐도 가난에서 헤어 나오지 못하는 사람, 배고픔이나 안락한 잠자리와 같은 기본적인 욕구조차 제대로 충족하지 못하는 사람들이 넘쳐나는 것은 물론이고, 예전보다도 훨씬 더 자연재해가 자주 일어나고 그에 따른 피해도 많이 발생하고 있기 때문이다. 산과 들에 큰불이 나기도 하고, 집중호우로 소중한 집과 재산을 잃는 사람들도 많다.

그럴 때마다 가수나 배우, 운동선수, 기업인들을 비롯한 유명 인사들이 산불이나 수해 때문에 피해를 본 사람들을 위해 성금을 기부하는 것을 심심찮게 볼 수 있다. 누군가에게는 굉장히 커다란 액수일 돈을 한 치의 망설임도 없이 쾌척하는 모습을 볼 때마다, 나라면 저러기 힘들 텐데, 참 대단한 사람들이야, 그렇게 혼잣말하곤 한다. 아무리 많은 돈을 버는 사람이라고 할지라도 어느 정도의 정의로움이나 선함이 없다면 할 수 없는 일들이라고 생각하기 때문이다. 그리고 그런 소식들을 접할 때마다 꼭 아래에 이런 댓글들이 달린 것을 볼 수 있었다.

"그야말로 선한 영향력을 행사하고 계시네요."

종종 내 인터뷰 영상에도 비슷한 댓글이 달릴 때가 있다. 전혀 몰랐던 이야기를 알려준 덕분에 범죄를 예방하거나 좋은 일을 할 수 있었다는 말, 관심이 더 필요한 사람들을 소개해줌으로써 사회적 처우나 인식을 개선해줘서 고맙다는 말이었다. 그래서 좋은 영향, 선한 영향을 받을 수 있었다고. 앞으로도 선한 영향력을 나눠주는 사람이 되어 달라고.

그때마다 얼굴이 뜨거워지는 것을 참을 수 없게 된다. 칭찬을 듣는 것에 익숙하지 않아서가 아니라, 이만큼이나 박수와 칭찬을 받을 만한 일을 했다고 생각하지도 않을뿐더러 의도하지도 않았기 때문이었다. 나는 그저 궁금한 사람이나 공감하고 싶은 사람을 만나서 편견 없이 그를 대했을 뿐인데, 내가 받아들이고 싶은 대로 그 대화를 받아들이고, 솔직하게 반응하고 웃고 눈물짓고 같이 화냈을 뿐인데, 선한 영향력을 끼쳤다니. 이게 무슨 당치도 않은 말인가 싶은 것이다.

사람들이 몇 년 전부터 말하는 '선한 영향력'이란 과연 무엇일까. 그건 아마 내가 도움이 필요한 사람을 돕고 다정이 필요한 사람들에게 다정을 베풂으로써 누군가에게 본보기가 되고, 그 사람이 다시 선한 일을 하게끔 동기를 주는 힘을 말할 것이다. 나는 이 선한 영향력이라는 것을 스스로 떨칠 수 있는 것이라고 생각하지 않는다. '나는 이만큼이나 선하니까 영향력을 펼쳐봐야지!'라고 본인이 생각하고 움직이는 것은 절대 아니라고 생각하는 것이다.

내가 생각하는 선한 영향력은 '선함을 갖고 있는 사람들이 평가하는 영향력'이다. 내가 판단하는 게 아닌 남이 판단하는 영향력이라는 것이다. 내 영상을 예로 들어보자면, 자극적이고 오락성이 짙은 인터뷰 영상을 게시했다고 했을 때, 누군가는 그를 그저 오락으로만 받아들이기도 하는 반면, 다른 누군가는 그 뒤에 숨은 의미를 발견하고 거기에서부터 밝고 따뜻한 메시지를 뽑아내어 자신만의 방식대로 가공해서 가져간다는 점이다. 보통 그렇게 밝고 따뜻한 메시지는 나조차도 몰랐던 것들인 경우가 많았다. 그리고 만약 내가 어떤 좋은 영향을 끼치기 위해 영상을 제작하는 내내 그를 의식하고 억지로 꿰맞췄다면, 그와 같은 자연스럽고도 건강한 반응들을 이끌어내지 못했을 거라고 생각한다. 그러니 조금 겸손한 마음으로 정리해보자면, 선한 사람들은 똑같은 콘텐츠에서도 선한 것들을 뽑아내어 받아들이고, 나는 그들을 존중할 뿐인 것이다. 선함이란 내가 판단하는 순간 오만해진다. 주변에서 평가해줄 때는 물론 기분이 좋은 것이 맞지만, 내가 나의 선함에 대해서 착하다고 평가하는 것은 순수하지 않다고 생각한다.

그렇다면 우리는 조금 더 나은 사람이기 위해서, 모두가 말하는 '선한 영향력을' 억지스럽지 않게 조금이라도 끼칠 수 있는 사람, 이 사회의 다정한 이웃 같은 사람이 되기 위해서는 어떻게 하면 좋을까? 간단하다. 그저 내가 추구하고 싶은 선을 추구하고 싶은 만큼만 추구하면 된다. 영향력을 끼치거나 선하다고 평가받아야 한다는 생각에 매몰되지 않고 무리가 되지 않을 만큼, 내가 할 수 있는 일을 할 수 있는 만큼 하면 된다. 그 선함이 정말로 순수한 선함이라면, 그를 선하다고 판단해주고 나름의 영향력을 이차적으로 행사하는 사람들이 자연스레 뒤따라줄 테니까 말이다.

앞으로도 나는 위대한 업적을 이루거나 영웅적인 사람이 되겠다는 생각 따위는 절대 하지 않을 것이다. 다만 내가 만나고 싶은 사람을 만나, 존중과 공감으로 그들과 즐거운 대화를 이어갈 것이다. 그리고 그 대화를 구경하며 감동해주고 움직여주는 사람들을 보며, 힘껏 손뼉을 쳐줄 것이다. 나의 선함을 믿기보다는 사람들의 선함을 믿을 것이라는 뜻이다.

취향 속에 답이 있다

조카와의 대화를 예로 들며 이미 이야기한 적 있지만, '어떤 일을 하며 살아가야 하는가'는 언제나 또 누구에게나 뜨거운 화두다. 책의 앞에서는 어떤 일이 내게 잘 맞을지 모르니 일단 무엇이건 해보라는 이야기를 했지만, 이 글에서는 조금은 새로운 방법을 하나 더 이야기해볼까 한다.

나는 이 직업이 좋은가, 저 직업이 좋은가를 타인에게 묻는 것은 어쩌면 질문부터가 틀린 게 아닐까 하는 생각을 자주 한다. 표면적인 정보들만을 훑으면서 비교하기 시작하면, 결국은 수치적인 것과 세상 사람들의 평판에만 휘둘려서 가치를 매기게 되기 때문이다. 애초에 좋은 직업의 기준이라는 것도 사람마다 다를 게 뻔한데, 심지어 그런 사안을 내가 아닌 타인에게 묻는 것은 더없이 아이러니한 일이 아닐 수 없다.

한 번쯤은 스스로에게 '나는 어떤 일을 좋아하는가?'를 물어볼 필요도 있다고 생각한다. 내가 좋아하는 일은 뭔지, 나는 평소에 뭘 하고 싶어 하는지, 나는 어떤 행동을 할 때 진심으로 즐거운지를 친구와 대화를 나누듯 솔직하고도 담백하게 물어본다. 그리고 그 질문에 대한 솔직한 대답이 떠오르면, 그 대답 안에서 한번 정답을 찾아보는 것이다.

그 대답이 뻔한 것이어도 다분히 즐거움만을 좇는 것이어도 상관없다. 책 읽고 생각하는 일을 좋아한다면 서점을 차리거나 출판, 인쇄 쪽에서 일자리를 알아볼 수 있는 일이고, 술 마시고 노래하는 일을 좋아한다면 술집을 차릴 수도 있는 일 아니겠나. 무엇이 됐건, 내가 좋아하는 게 아무것도 아니라고 생각하지 말고 하찮은 일이라고 생각하지 말았으면 한다. 단지 이야기하는 게 좋았던 내가 인터뷰하는 일을 직업으로 삼을 줄 과연 누가 알았겠는가.

꽤 오랫동안, 나도 나한테 뭐가 맞는지를 모르고 살았다. 해보지 않으니 모르는 건 당연했다. 그러던 중에 하루 날을 잡아 진지하게 생각해본 것이었다. 나는 무엇을 좋아하는가. 평소 주변 사람들을 만나 대화를 나누고 고민을 들어주는 일이 좋았다. 그리고 그 비슷한 일이 직업이 된다면 절대 지치지 않고 즐길 수 있을 것 같았다. 그런 일이라면, 아무것도 상관없으니 그냥 하고 싶었던 것이다. 그러니 어쩌면 많은 명사가 이야기하는 '직업은 오래 할 수 있는 일이어야 한다.'라는 말도 이 글에서 하는 말과 비슷한 말일지도 모른다.

맨 처음 출간을 준비하기 시작했을 때까지만 해도, 매일같이 스스로를 의심하고 고개를 갸우뚱거리곤 했다. '내 얘기가 책이 된다고?'라는 생각 때문이었다. 책이라는 건 어느 공모전에서 입상한 사람이나 위대한 업적을 이룬 사람만 쓰는 것으로 알고 있었는데, 그러니까 내가 써야겠다고는 생각도 못 했던 일이었는데, 내 이름으로 쓰인 책이 나온다는 것이 아무리 생각해도 믿기지 않았던 것이다. 하지만 이제는 그러지 않기로 한다. 그간 내가 스스로를 너무 하찮다고 생각했기 때문에 그런 생각을 했던 것 같다. 내가 좋아하는 것을 나도 모르게 너무 깔아뭉갰던 건 아닌지를 생각하게 된 것이다. 나는 여전히 내 일이 즐겁고 자랑스럽다. 이 일에 관해 대화를 나누고 떠드는 일이라면, 자다 일어나서도 할 수 있을 것 같다. 그러므로 이렇게 글을 쓰는 일 역시 부족하지만 나의 제2, 3의 직업으로 생각해보려 한다.

가끔은 좋아하는 게 무엇인지를 진지하게 생각해보자. 그리고 그를 가치 있는 취향이라고 스스로 생각해주자. 그 다음에 그 일을 통해 어떻게 수익을 만들어낼 수 있을지를 고민해보면, 조금은 길이 보일 수도 있을 것이다.

쎄함엔 이유가 있다

"이상하게 쎄한데?"

사람들이 자주 하는 말이다. 사람에게는 오감이 있다. 시각, 청각, 후각, 미각 촉각. 많은 사람에게 한 가지 감각이 더 있다. 흔히 얘기하는 쎄하다는 감정이다. 이상하게 평소와 다를 게 없었는데 유독 쎄하게 느껴질 때가 있다. 촉이 온다고 표현하기도 한다. 갑자기 연인이 이야기 좀 하자는 말에 이상한 느낌을 받았는데 실제로 이별을 통보

할 수도 있다. 어떤 한 친구가 분명 나한테 웃으면서 이야기하는데 쎄한 느낌을 받을 수도 있다. 실제로 그 친구가 어디선가 나를 흉보거나 이간질했다는 소리가 들려올 때도 있다.

쎄하다는 것은 직감에 가깝다. 어떤 사물이나 현상을 접했을 때 설명하거나 증명하지 않고 바로 느끼거나 아는 것이다. 보통 직감이라는 것은 한 번에 생기는 것이 아니라 축적되는 것이다. 그러니까 우리가 어떤 걸 보고 쎄하다는 느낌을 받는 건 생각보다 정확할 때가 있다. 가끔 주변에서 남자친구가 이상한 것 같다. 여자친구가 이상한 것 같다는 말을 들었을 때 네 촉을 한 번 믿어보라는 말을 한다. 주변에서 아무리 연애 조언을 해줘도 별로 소용이 없는 건 내가 그 사랑을 직접 경험해보지 않았기 때문이다. 마찬가지로 아무리 객관적으로 볼 때는 문제가 없어 보이는 상황일지라도 자기 연인을 제일 잘 아는 건 본인이다. 그런 본인이 쎄하다고 표현한다면 그 느낌이 맞을 때가 많다. 심지어 우리가 알고 있는 천재 아인슈타인도 한 미국 언론과의 인터뷰에서 이런 말을 한 적이 있다.

"직감과 영감을 믿습니다. '내가 맞구나'하는 느낌이 종종 들죠. 진짜 내가 맞는지는 모르겠지만요."

물론 쎄하다는 느낌을 받았다고 해서 100% 다 맞는 상황은 아닐 것이다. 특히나 처음 본 사람들한테 그런 느낌을 받았다면 맞지 않을 확률도 높다. 하지만 촉이라는 건 경험이 중첩되면서 쌓인 하나의 인간 데이터기 때문에 어떤 사람인지 잘 알고 있는 사람이 주는 쎄함은 대부분 맞는 경우가 많다. 촉은 완벽하게 정확하진 않지만, 생각보다 정확하다.

일부러 속아주는 사랑

나에게는 자신만의 연애관이 확고한 친구가 한 명 있다. 나를 비롯한 다른 친구들이 최대한 이해하려 해보아도 완벽히 이해할 수 없을 정도로 자신만의 색깔이 확실한 친구였다. 단적인 예를 하나 들자면, 그 친구는 현재 연락하고 있는 사람과 아무리 가깝게 지내고 있고 연인으로 발전할 가능성이 높은 상황에서도, 그가 극도로 싫어하는 한마디를 들으면 바로 정이 떨어져서 연락을 끊어버린다는 거였다.

'나는 남자친구 있을 땐 안 그래'가 바로 그 한마디라고 했다. 본인이 만나온 몇몇 사람은 연애가 시작되기 전에는 해도 전혀 상관없지만, 연인 관계가 시작되고 나서는 다툼의 소지가 있을 법한 일을 매우 좋아했다고 한다. 이를테면 클럽을 다니는 일이나 이성 친구들과 여행을 떠나는 것 같은 일들 말이다. 그리고 그들 대다수가 공통적으로 했던 말이 바로 저 말이었다고 했다. 하지만 그 친구는 사람은 웬만해서는 잘 안 바뀐다고 믿기에, 그리고 그것은 행동이나 마음가짐이 정말로 변하는 게 아니라 그저 만나는 동안 참는 것에 불과한 거라고 믿기에 그 말을 절대 신용하지 않고 싫어하기까지 한다는 것이었다. 언젠가는 참고 있던 것이 펑 하고 터져버려서 자신에게 큰 상처를 줄 수도 있을 거라고.

그래도 그렇게까지 갑자기 연락을 끊을 일이냐고 물으니 그렇단다. 자기는 단 하나라도, 단 한 번이라도 아니라는 생각이 들면 가차 없이 그 관계를 끊어버린다고 했다. 친구의 연애관은 그 관계가 깊어지고 나서도 확고하게 이

어졌다. 친구는 조금이라도 신경을 거스르는 말과 행동이 있으면 보는 사람이 무안할 정도로 날카로운 말투와 표정을 보여주곤 했다.

옆에서 오랫동안 함께해온 사람으로서, 나는 그 친구의 연애가 피곤하다는 생각을 자주 했다. 시원하게까진 아니더라도 가끔은 그냥 넘어갈 수도 있고 농담처럼 토라지고 말 상황 앞에서도, 친구는 너무도 사소한 것들도 다 걸고넘어지고 일일이 화를 냈으니까.

사람은 잘 변하지 않는다는 친구의 말, '연애할 땐 안 그래'라는 말은 그저 연애하는 동안에는 참는다는 말에 불과한 거라는 친구의 말이 사실이더라도, 그래도 어느 정도는 그 사람을 믿어줄 필요도 있다고 생각한다. 지금은 이럴지라도 일단 사랑이 시작되면 안 그럴 거야. 그 말에는, 난 당신에 대해서 도리를 지킬 거고 책임을 다할 준비가 되어있다는 약속과 마음가짐이 들어 있을 테니까.

설사 진심에서 우러나서 그를 믿어줄 수는 없더라도, 최소한 믿어주는 척이라도 해준다면 관계는 훨씬 원만해질 것이다. 연애라는 관계 앞에서 너무 단단하게만 버티고 있거나 일일이 날카로워지지 말고, 때로는 속아주는 연기도 할 줄 알아야 된다는 말이다.

딱 봐도 거짓말을 하는 것 같은 사람 앞에서, 도저히 지킬 수 없을 것 같은 무모한 약속을 하는 연인 앞에서, '나 속아주는 척 잘해'라는 말을 농담처럼 건네보자. 화를 내는 사람은 없고 그 하루는 매끄럽게 흘러가겠지만, 그 말을 들은 연인의 마음속에서는 잘해야겠다는 마음, 다시는 이 사람을 실망시키지 말아야겠다는 마음이 커다란 파도를 만들 테니 말이다.

사랑의 모든 장면에서 날카로울 필요는 없다. 적이 아니라 사랑하는 사람이지 않은가. 다 잘 지내보자고, 함께 행복해지자고 그러는 일 아니겠는가.

찌질함의 주인공

친한 지인의 집에 놀러 갔을 때였다. 음악감상이 그의 취미라는 건 익히 들어 알고 있었지만, 그만큼이나 진심인 줄은 몰랐다. 집에 CD와 엘피판들이 가득했다. 이건 어떤 가수의 몇 집 앨범이고 저건 다른 가수의 사인본이구나, 그렇게 구경만 해도 한나절이 다 흘러갈 정도로 많았다. 그러던 중 한 앨범이 내 이목을 끌었다. 장기하와 얼굴들의 4집 앨범이었는데, 앨범 표지에는 이런 문구가 큼지막하게 적혀 있었다.

'내 사랑에 노련한 사람이 어딨나요'

머리를 한 대 맞은 기분. 그래. 그건 참 심플하고도 정확한 진리였다. 본인의 사랑에 노련한 사람이 도대체 세상 어디에 있겠는가. 아무리 로맨스 영화나 드라마를 많이 봤어도, 또 아무리 많이 이미지 트레이닝을 했어도 당장의 사랑 앞에서는 누구나 초보자처럼 당황하고 곤란스러워하곤 하니까.

연애 문제로 내게 도움을 청해오는 친구들이나 내담자들을 봐도 그랬다. 모두가 자신의 사랑이 잘 안돼서, 이별이 잘 극복되지 않아서 힘들어했다. 시도 때도 없이 우는 사람이 있는가 하면 입으로는 괜찮다고 말하면서 전날 잠도 제대로 못 잤는지 눈 밑이 시커먼 사람도 있었다. 그렇게 참고 참다가, 누군가가 좀 알아주고 안아줬으면 하는 마음에서 나를 찾는 경우가 정말 많았다.

사람이 이별을 겪었을 때 맨 처음으로 샘솟는 감정은 의문이다. '내가 뭘 잘못했지?', '매력이 없나?', '다른 사람이 생겼나?'와 같은 감정들로 나름의 이유를 찾으려 한다. 그리고 그 의문은 차츰 분노로 변해간다. '내가 왜 이런 취급을 받아야 해?', '내가 지금껏 얼마나 잘 해줬는데'라고 생각하며 상대방에게 앙심 아닌 앙심을 품는 것이다. 그리고 더는 화를 내는 것도 무의미하다고 느낄 때쯤, 이별의 당사자는 서서히 체념하기 시작한다. 진짜 끝났다는 생각에 의문도 분노도 품지 않고 그 이별을 있는 그대로 받아들이기 시작하는 것이다.

하지만 체념한다는 것이 이별이 완벽하게 마무리되는 것을 뜻하는 것은 아니다. 얼마간 함께였던 사람, 누구보다도 가까웠던 사람을 잊는다는 건 그리 쉬운 일이 아니니까. 그때부터는 오롯이 힘든 감정들을 견뎌내는 시간이 이어진다. 두 사람의 추억이 묻어있는 물건들과 장소들을 혼자 청소하거나 바라봐야 하고 매일매일 연락했던 사람에게 다시는 연락하면 안 된다는 사실에 하루에도 몇 번씩 무너져야 한다. 대부분 이 단계를 가장 힘들어한다. 너무 힘들다는 생각, 너무 보고 싶다는 생각, 다시 잘해보고 싶다는 생각 등, 온갖 생각이 자신을 괴롭히기 때문에 사리 분간이 안 되는 것이다.

"지금 카톡하고 싶은데 이거 너무 찌질한 건가?"
"집 앞에 찾아가고 싶은데 어떻게 하지?"

이런 고민들도 보통 이 과정에서 떠오르기 시작한다. 그리고 그런 고민을 토로하는 당사자의 지인과 친구들은 그건 찌질한 일이 맞다며, 제발 하지 말라고 조언하곤 한다. 그런다고 해서 이미 끝난 관계를 되돌릴 확률은 희박하고, 분명 험한 꼴을 당해서 후회하게 될 거라고.

하지만 내 생각은 조금 다르다. 나는 그들에게 조금 찌질하더라도 그 순간순간 하고 싶은 일을 다 해보라고 말하곤 한다. 그 부정적인 행동과 감정을 다 쏟아냈을 때가 되어서야 그 뒤에 현실을 자각하면서 '아, 내가 참 찌질하긴 했구나.'라고 깨닫게 된다고 생각하기 때문이다.

이별의 당사자는 아무리 주변에서 찌질하다고, 그러지 말라고 말해줘도 제대로 된 판단을 하지 못한다. 그저 '뭐라도 해야 할 것 같아!'라고만 생각할 뿐이다. 그렇기에 나는 집요하게 집 앞에 찾아간다든지 하는 과한 행동을 제외하곤, 결심한 게 있다면 전부 다 행동에 옮겨도 된다고 생각한다. 시간이 약이라고 생각하는 것보다는 행동하는 것이 차라리 낫다고 생각하니까. 실연을 당하고 술을 먹는다든가 음악을 듣는다든가 하는 행위들이, 나를 조금이라도 더 일찍 일깨워주고 현실로 데려와 주는 데에 도움이 되는 것 같다면, 하고 보는 게 맞다. 그래야만 그 후의 것들이 보이기 마련이다.

하지만 이 과정에서 꼭 유의해주었으면 하는 것이 있다. 찌질하게 생각하고 행동하고, 마음껏 울고 아파하는 그 과정에서도 늘 본인이 주인공이라고 생각해야 한다는 점이다. 이 이별이라는 영화의 주인공은 결국 나니까 아파하는 그 과정조차도 멋있어야 한다고 생각하는 것이 좋다. 내 인생, 내 사랑의 끝은 어차피 해피엔딩일 것이고 이 시간이

지나가면 다시 새로운 이야기가 펼쳐질 테니, 어차피 그럴 거라면 멋있게 슬퍼해야 한다고 생각해보는 것이다. 나는 그럴수록 조금이라도 더 빨리 스스로를 아픔과 패배감에서 끄집어낼 수 있을 것이라고 믿는다. 잊지 말자. 찌질함에서조차도 슬픔에서조차도, 주인공은 바로 나여야 한다는 것을. 무엇보다도 중요한 것은, 나의 행복과 안녕이라는 것을.

이기는 대화법

누군가와 의견 차이가 있어서 다투거나 가까운 사이에 서운한 일이 있어서 티격태격할 때가 있다. 자연스럽게 말이 빨라지고 목소리가 높아지는 상황이다. 하지만 아이러니하게도 상대방과 똑같이 화를 내고 나면 집으로 돌아가는 길에 어딘가가 찜찜하다. 감정을 표출한다고 표출했는데 오히려 개운하지가 않은 것이다. 만약 내가 화술이나 목소리 크기로 상대방을 제압한 것 같더라도 기분이 좋지 않다. 뭔가 이겨도 이기지 않은 기분이랄까.

대화라는 건 우리가 살아가는 사회에서 가장 기본적이며 또 가장 중요한 일 중 하나다. 어떻게 하면 올바른 대화를 할 수 있을까? 여기서 말하는 올바른 대화란 서로의 의견이 맞지 않을 때를 뜻한다. 감정적으로 서운한 일이 있거나 아니면 업무적으로 의견 차이가 있어서 감정이 격해질 수밖에 없는 상황들. 의견이 맞고 상황이 좋을 땐 굳이 대화의 기술이 필요 없을 테다. 예전에는 그런 상황이 일어나면 나 역시도 똑같이 상대방과 목소리를 높이거나 말에 감정을 섞어서 이야기하고는 했다. 하지만 인터뷰를 오래 하면서 달라진 점이 있다면 누군가가 나한테 감정이 상해서 격하게 이야기하든 의견이 서로 맞지 않아서 충돌하든 이제는 제일 먼저 그냥 들으려고 한다는 것이다. 상대방이 화를 내든 말든 목소리를 높이든 말든 일단은 이야기를 끝까지 듣는다.

물론 이게 쉬운 일은 아니다. 하지만 상대방이 이야기할 때 다른 생각을 하든 아니면 진짜 이 사람이 어떤 의도로 이런 말을 하는 걸까, 어떤 생각일까 집중해서 듣든 일단 상대방의 말이 다 끝날 때까지 가만히 듣기만 해도 상황이 달라진다. 혼자서 열을 내던 사람은 어느 순간 자기가 너무했나라는 생각을 하기 시작할 것이다. 그리고는 스스로 조금 부끄러워질 것이다. 상대방은 의연해 보이는데 나 혼자 열을 올리는 것처럼 느껴지니까. 그럼 그때부터 그 상황에 대한 주도권은 나에게 넘어온다. 대화에 있어서 만큼은 선수필승이라는 말은 틀린 말이다. 사실 제일 무서운 사람은 감정적으로 이야기하는 상대방의 말을 끝까지 다 듣는 사람이다. 상대방의 이야기가 다 끝난 다음에 내 이야기를 시작하는 것. 그게 진짜 이기는 대화법이다.

세상에서 가장 오만한 일

한 기업인이 있었다. 분명 통할 거라고 확신하는 사업 아이템도 있고 열심히 발로 뛸 열정도 있었지만, 가장 중요한 것 중 하나인 자본금이 없어서 매일 밤을 끙끙 앓던 사람이었다. 하지만 어느 날 찾아온 천금 같은 기회로 거대한 자본을 지닌 예비 투자자들 앞에서 사업 설명회를 가질 수 있었고, 그는 떨리는 마음을 다잡고 지닌 모든 것을 선보였다.

결과는 대성공이었다. 전이었으면 상상도 하지 못할 정도로 커다란 액수의 투자를 따냈다. 도대체 내 어떤 부분을 믿고, 어떤 부분이 마음에 들어서 투자를 결정한 건지가 의아하여, 그는 조심스레 투자자 중 한 명에게 다가가 물었다.

"혹시 우리 회사에 투자를 결심한 이유가 있으신가요?"

투자자의 대답은 간단하고도 명료했다.

"좋은 아이템을 갖고 있었고 그를 끝까지 밀고 나갈 열정이 있는 것이 보여서였습니다. 우리는 당신 같은 사람 중 성공한 사람을 너무 많이 봤습니다. 단지 그뿐입니다. 액수는 아깝지 않습니다. 당신도 분명히 해낼 테니까요."

이 이야기는 시사하는 바가 크다. 누구에게든 어디에서든 통할 만한 강점을 확보하고 자신만의 신념이나 기준 같은 것을 기둥처럼 내 마음 한가운데에 세워두면, 그렇게 최대한 흔들리지 않도록, 변하지 않도록 애쓰고 밀고 나가면,

언젠가는 반드시 성공을 맛볼 수 있다는 점이다.

나는 늘 현재보다는 미래를 보려 하는 사람이다. 지금 내 앞에 있는 사람이 당장은 나보다 덜 알려졌고 소득이 적다고 해서 절대 그를 무시하려 들지 않는다. 늘 누구나 잘 될 수 있다는 생각으로 산다. 어떤 사람이 어떻게 잘 될지 모르니까 함부로 사람을 평가하려 하지 않는 것이다. 누구를 만나든 도전하는 사람을 만나면 나보다 높아 보이고 멋져 보인다. 도전하고 있는 사람은 언제든 언제가 됐든 성공하기 때문이다. 나 역시도 위의 일화에서 투자자가 말한 것처럼, 그렇게 결국 해내고 마는 사람들을 너무도 많이 봐왔다. 누군가를 평가하는 것만큼 오만한 일은 없다. 언제든 망할 수 있을 거라고 생각하며 나를 깎고 동시에 언제든 잘될 거라고 생각하며 남을 바라봐야 한다. 언제든 성공할 수 있고 언제든 망할 수 있다. 겸손할 필요도 없지만 오만할 필요도 없다. 그저 내가 믿고 있고 정해둔 방식대로, 묵묵하게 밀고 나갈 뿐이다.

물론 처음에는 모든 것이 가혹할 것이다. 언제 결과가 나타날 거라는 기약도 없이 생계 전체가 흔들리는 경험만을 맛보게 될지도 모른다. 사람들은 제대로 알지도 못하면서 무례한 평가와 뒷담화를 일삼고 거만하게 얄팍한 지적을 해오기도 할 것이다. 하지만 나는 당신이 그런 것들에 무너지지 않을 사람이라는 것을 안다. 당신은 그럼에도 불구하고 그저 하던 것을 계속할 것이다. 때로는 바보 소리를 들어도 밀고 나갈 것이다. 그러다 보면 어느 순간부터 결과가 나타나기 시작하고, 정신을 차린 순간에는 당신을 무시하고 평가하던 사람들이 보이지 않을 정도로 까마득히 높은 곳까지 올라와 있을 것이다. 그리고 그 사람들은 언제 그랬냐는 듯 높은 곳에 있는 당신을 새로운 성공의 기준으로 삼고 따라오기 시작할 것이다.

서로를 치유하는 시간

물론 내 채널에 게시할 콘텐츠를 위한 인터뷰 촬영이지만, 나는 늘 상대방에게 깊숙이 이입하고 그 이입을 통해 진실한 질문을 던지려고 노력한다. 그리고 그렇게 모든 걸 쏟아붓듯이 인터뷰를 해내고 나면, 묘하게 얼굴이 후끈거릴 때가 많다. 자동차가 온 힘을 다해서 달리고 난 뒤에도 얼마간 잔열을 뿜어내는 것처럼, 인터뷰 후의 잔열이 내게도 은은하게 남아 맴도는 것이다.

주변 사람들은 그런 내 모습을 보고 걱정하거나 잔소리를 하기도 한다. 다른 사람들의 이야기를 들어주느라 내가 지치거나 파괴돼서는 안 된다는 말과 함께였다. 그러니까 어느 정도는 나를 보호할 수 있는 장치나 방법을 만들어두면 좋겠다고.

사실 내게는 단지 대외적으로 알리지 않았을 뿐, 그러한 인터뷰의 잔열을 잘 식혀주는 방법이 이미 있다.

대화를 잘 이끌어가다 보면 상대방은 자연스레 모든 경계를 풀곤 한다. 딱딱하게 굳어있던 표정과 자세도 어느 순간부터 마치 오랫동안 알고 지낸 사람을 대하는 것처럼 자연스러워져 있는 것을 발견할 수 있다. 그렇게 낯설고도 편안한 인터뷰가 끝나고 나면, 곧바로 인사를 건네고 다음 일정을 소화하러 가거나 댁으로 돌아가시는 분도 있지만, 대부분은 뭔가 조금 더 대화를 나누고 싶다는 듯이 그곳을 떠나지 않으신다. 나 역시도 너무 바쁜 경우가 아니라면 그들과 함께 오프 더 레코드로 할 말 못 할 말을 다 주고받곤 한다. 인터뷰가 객관적이고도 담백한 것들 위주로 구성됐다면, 인터뷰 후의 대화들에서는 조금 더 주관적이고 진한 위로와 응원을 해주는 식이다.

바로 그 과정에서 스스로를 치유하는 게 아닐까 하는 생각을 자주 한다. 늘 의식적으로라도 어떤 고민이나 아픔을 겪고 있는 사람들의 모습으로부터 과거의 내 모습을 보려고 한다. 아마도 맨 처음 인터뷰를 할 때부터 깊이 감정을 이입하고 질문을 던졌던 흐름이 인터뷰가 끝난 뒤에도 이어져서, 그들의 일이 마치 내 일인 것처럼 생각하게 됐기 때문일 것이다.

여러 고민으로 잠 못 이뤘던 때가, 아픈 구석이 있어 누구라도 내 이야기를 들어줬으면 했던 때가 있었다. 그리고 타인과의 대화에서 내 과거와 닮았다고 판단되는 이야기를 접하게 되면, 나는 자연스레 그로부터 그들과 닮은 한 때의 나를 보게 되고, 마치 그때의 내게 해주고 싶었던 말을 해주듯이 진심에서 우러난 말을 그들에게 해줄 수 있었던 것이다.

그렇게 내 앞에 있는 사람들에게 흠뻑 이입해서 조언해주다 보면, 대화로부터 비롯된 잔열과 피로 같은 것들은 어느새 말끔히 해소되고 없었다. 아니, 오히려 누군가가 내 마음을 깨끗하게 청소해준 것만 같은 개운한 느낌에 웃으면서 집으로 돌아갈 수 있었다. 그날그날 만난 사람으로부터, 마치 내 일인 것처럼 진심 어린 말들을 해주셔서 고마워요, 와 같은 감사의 인사를 듣는 데에서 오는 뿌듯함은 덤이었다.

그러니 어쩌면 상대방의 이야기를 잘 들어주고 또 좋은 말을 해줄 수 있는 가장 큰 원동력은 무엇보다도 공감일지도 모른다. 눈앞에 있는 사람의 상황을 철저히 남의 일로 여기고 어렴풋이 상상만 해보기보다는, 그 상황과 가장 닮았던 내 모습을 떠올리고, 마치 그때의 나를 보살펴주는 것처럼 진심 가득하고 다정한 말을 건네주는 것이다. 나와 타인의 경계, 현재와 과거의 경계를 뛰어넘어 서로가 서로를 치유해주는 일, 공감은 그러한 마법 같은 일들을 가능하게 한다.

에필로그

여러분은 '상담'이라는 말을 떠올리면 어떤 분위기를 생각하시나요? 여유로운 분위기와 따뜻한 차 한잔, 끝없이 이어지는 진솔한 대화를 떠올리시나요? 드라마나 영화에서 나오는 상담의 장면이 늘 그러했으니, 실제로도 별반 다르지 않을 거라 생각하실지도 모르겠습니다.

하지만 실제 상담은 상상과는 다르게 조금은 빠듯하게 흘러갑니다. 시간대별로 예약된 내담자가 정해져 있기에 느긋한 대화를 나누기는 사실상 쉽지 않고, 탁자 위에는 시간의 흐름을 실시간으로 알 수 있도록 시계까지 놓여 있습니다. 그렇기에 최대한 빨리 서로에 대한 정보를 얻어내는 일이 무엇보다도 중요한데요, 저는 주로 이 질문들을 가장 먼저 던지곤 합니다.

"당신은 어떤 사람인가요?"

"어떤 사람이고 싶은가요?"

수십 수백, 각양각색의 대답들이 돌아옵니다. 그리고 가만히 그 대답들을 듣고 있으면, 범죄를 비롯한 커다란 잘못이 아니고서는 거의 모든 대답이 다 옳은 것만 같습니다. 그들의 생각과 신념, 선택들이 전부 다 정답이라고 느껴집니다. 애초에 남의 삶이라는 건 옳다 그르다 판단할 수 없는 것이긴 하지만, 그 사람이 살아온 시간 자체가 전부 다 옳다고만 느껴지는 것입니다.

누구나 가끔 '내가 이렇게 사는 게 맞나?'라는 고민을 합니다. 아무리 돈이 많고 대우받는 직업을 가진 사람이더라도, 또 별다른 고민 없이 잘 지내는 것처럼 보이는 사람들이더라도 사실은 마찬가지입니다. 나는 타인의 그러한 고민들을 비교적 많이 마주해본 사람으로서, 그들 모두에게 '그렇게 사는 것이 맞습니다, 지금 너무 잘 살아가고 있습니다', 그 말을 자신 있게 건네고 싶습니다.

지금에 와서 과거를 뒤돌아보면, 그때 이렇게 결정했으면 더 좋았을 걸, 그때 그 사람과 함께하면 지금 조금 더 나아졌을 걸, 그런 후회를 할 때가 많습니다. 하지만 당신이 다시 그때의 당신이 된다면, 당신은 다시 똑같은 결정을 했을 것입니다. 그때 고른 선택지가 그때의 당신에게는 늘 최선의 선택지였을 것이기 때문입니다. 그러니 지금의 당신은 과거의 선택들이 모여 만들어진 하나의 거대한 결과물이라고 볼 수 있겠네요. 당신이 한 선택들이 쌓여서 지금의 인생이 된 것입니다, 어떤 길로 왔어도 당신은 여기로 왔을 것입니다. 다만 지금 조금 힘드니까 그때의 내가 틀렸었구나 하고 생각할 뿐이겠지요.

그러니 이제 자신의 존재를 그만 부정하기로 합니다. 지금의 모습이 옳으니까. 어떤 길로 왔어도 당신은 지금으로 왔을 거니까. 당신의 삶은 늘 옳았으니까. 당신 자체가 늘 옳았으니까요. 충분히 잘 해내고 있으니까요.

하나 더. 나는 당신이 '역시 내가 옳았어'라고 생각하는 데에서 그치지 않고 자주 주변을 둘러보는 사람이라면 더 좋겠습니다. 그래서 늘 괜찮은 것 같은 표정을 짓는 사람에게, 하지만 가끔 텅 빈 느낌, 외로운 느낌을 풍기는 사람에게 요즘 좀 어떠냐고, 잘 지내냐고 묻는 사람이시라면 좋겠습니다. 한때 그리고 지금의 당신처럼, 세상에는 자신의 삶이 옳지 못하다고 생각하는 사람이 너무 많으니까요. 그들에게도 누구라도 나서서 옳다고 말해줘야 조금이나마 버틸 힘이 생길 테니까요. 그렇게 각자의 위치에서 다시 다정하고도 옳은 선택들을 펼친다면, 손을 내밀었을 때 오는 기쁨을 한 번쯤은 맛봤으면 좋겠습니다. 울림을 전달했으면 좋겠습니다. 적어도 이 책을 읽은 사람들은 그랬으면 좋겠습니다. 그리고 그것 역시 옳은 선택, 옳은 일이 되겠습니다. 당신의 삶은 그렇게 더더욱 옳은 삶이 되어갈 것입니다.

여기까지 오신 것만으로도 당신은 이미 상담가이자 철학자이자 옳았던 사람입니다.

역시 당신의 삶은 늘 옳았습니다.

그러니 앞으로도 씩씩하고 건강하게 나아가실 수 있을 것입니다.

당신의 삶은 늘 옳았다

초판 1쇄 발행 • 2022년 9월 28일

지은이 • 정병권
책임편집 • 오휘명 박근호
마케팅 • 박근호 김은비
디자인 • 유서희
펴낸곳 • 도서출판 히읏
출판등록 • 2020년 4월 28일 제 2020-000109호
제작처 • 책과 6펜스
전자우편 • heeeutbooks@naver.com

ISBN • 979-11-92559-04-9(03810)